PREMIÈRE SORTIE

Du même auteur,

dans la même série :

Épisode un : *Premier contact* (août 2017)

Épisode deux : *Premier envol* (février 2018)

Épisode trois : *Première sortie* (mars 2019)

Épisode quatre : *La Longue marche* (à paraître prochainement)

Chez le même éditeur :

Les Chroniques Kyfballiennes :

Livre premier : *Le Jour du dernier espoir* (décembre 2016)

Livre second : *Kyfball connection* (à paraître prochainement)

Contact : contact@slecocq.fr
Site Web : www.slecocq.fr

© 2018 Sébastien Lecocq/Sébastien Lecocq

Illustrations de couverture : Chris Lawgan
Illustrations internes : Emil Goska, Julia Boguszewska, Juliusz Zieliński, Łukasz Piwiński et Chris Lawgan
Logo (page 2) : Nthinila Phumaphi
Photographie de Margot Becka

Edition : BoD - Books on Demand
12/14 rond-point des Champs Elysées
75008 Paris
Imprimé par BoD – Books on Demand, Norderstedt
ISBN : 978-2-3221-2623-1

Dépôt légal : Février 2019

À Thomas, Olivier et David,
le Super trio !

AVANT-PROPOS

Moins d'un an et demi après leur première rencontre, Savannah, Niki et Blue voient déjà venir le bout du tunnel avec ce troisième volet, qui conclut le premier arc de leurs aventures.

Une première trilogie qui en amènera une autre très prochainement.

Mais pour l'heure, les dangers sont déjà multiples et il se pourrait bien que tous les protagonistes engagés aujourd'hui n'en réchappent...

Cet épisode verra de nouveaux visages apparaître pour « compenser », et déjà introduire un avenir plus lointain.

Une stabilité pourrait même s'installer quand le fracas des armes se sera tu… Hélas, cela arrivera-t-il un jour ?… Rien n'est moins sûr.

Quoi qu'il en soit, plus de vingt ans après avoir imaginé le personnage de Savannah pour la première fois, je remarque qu'elle est enfin arrivée à la dernière ligne droite de la première étape de son voyage.

Et avec elle, ce monstre sanguinaire qui était déjà là lors de sa première sortie sur papier.

Finalement, tout vient à point à qui sait attendre. Même si je me demande si c'est moi qui m'impatientais vraiment ou si c'est réellement Savannah qui avait le plus envie de parcourir le monde à l'extérieur de Turbo-City !

Mais désormais, nous serons communément en terre inconnue, et son retour se fera bien plus proche que lors de sa première sortie effective et réelle…

J'ai ajouté un petit lexique à la fin de ce tome, car on me l'a souvent demandé depuis que le premier volume des *Chroniques kyfballiennes* (« Le Jour du dernier espoir ») est paru. Il y en aura un dorénavant dans chaque épisode de la série, ainsi que dans les Chroniques. Le but est de fluidifier la lecture, mais aussi et surtout de toujours avoir un point d'appui pour que chacun puisse s'y retrouver plus facilement dans sa visite de la ville.

J'ai souvent échangé sur le sujet lors de rencontres avec d'autres auteurs et différents lecteurs, et tous m'ont encouragé dans cette voie, dont acte aujourd'hui.

Il s'étoffera au fil des aventures de notre trio et fera le lien avec les pérégrinations des frères Summers dans le futur (cf. *Chroniques kyfballiennes*)...

J'aimerais une nouvelle fois remercier les personnes qui m'ont aidé dans ce nouveau périple au parcours chaotique et les féliciter pour leur patience, leur franchise et leurs conseils tout au long du processus.

Par crainte d'un oubli éventuel, je garderai leur anonymat, mais elles se reconnaîtront aisément à la lecture de ces lignes ; et ma reconnaissance leur sera éternellement dédiée.

Mais je me dois tout de même de faire une dédicace spéciale à Emil Goska et à ses acolytes, qui auront été d'un grand soutien indéfectible tout au long de l'année écoulée. Comme vous le découvrirez dans les pages qui suivent, leur immense talent aura fait des merveilles de bout en bout !

Finalement, et pour conclure ces quelques mots, je me lancerai prochainement dans un nouveau défi avec l'écriture d'un polar qui mettra en scène le premier héros que j'ai couché sur papier il y a plus de vingt-cinq ans. Mais cela ne veut pas dire que Savannah, Niki et les autres ne reviendront pas très vite sur le devant de la scène, bien au contraire…

Mais pour l'heure…

S.L.
Janvier 2019

PROLOGUE
RÉFLEXIONS

Turbo-City, manoir des Vickers, 8 mars 2092

Il y avait maintenant près de trois heures que la jeune héritière Niki Vickers n'avait pas eu de nouvelles de Blue. Trois heures que son ancienne confidente avait coupé la liaison avec les installations du manoir lors de son entrée dans le temple de la Bonté Première[1] et que l'adolescente s'interrogeait sur ce qui avait bien pu lui arriver depuis.

Et cela faisait maintenant près de trente minutes que son regard fixait l'eau stagnant paisiblement dans l'immense piscine rectan-

---

[1] Voir l'épisode deux, *Premier Envol*, pour découvrir les évènements précédents en détail. Il est actuellement disponible en librairie.

gulaire de près de deux cents mètres carrés qui se trouvait près de l'entrée des jardins de l'édifice construit depuis plusieurs siècles par ses ancêtres sur les hauteurs du mont Valengoujard, surplombant le côté nord du quartier central de Turbo-City.

Le manoir avait peu changé au fil des années et gardait encore aujourd'hui l'architecture baroque d'un autre temps. Alors qu'à l'intérieur la technologie avait envahi peu à peu certaines parties de l'enceinte, il restait encore de nombreuses pièces qui gardaient le même cachet d'authenticité lié au passé.

Les multiples colonnes sculptées dans le marbre encerclant la piscine et la voûte peinte au-dessus de celle-ci démontraient toute la richesse d'antan de la famille Vickers. Cette dernière avait d'abord prospéré dans le commerce de machines industrielles avant que le groupe, devenu l'une des plus grandes corporations de la ville, ne se diversifie et n'opte pour la conception et la fabrication d'intelligences artificielles de tous types.

La jeune femme brune détourna son regard de l'eau filtrée et chauffée en permanence à une température de trente et un degrés, pour scruter le plafond, sans y prêter vraiment attention. Une peinture relativement bien conservée y représentait le combat d'un immense guerrier tenant un trident de ses deux mains, pour affronter un monstre marin à la carapace rose, doté de six pattes et de deux pinces énormes.

Ses pensées prenaient le pas sur sa perception du réel. Elle avait peut-être lancé Blue dans une mission suicide et commençait déjà à regretter de l'avoir encouragée à la poursuite de la voleuse, Savannah Wilsey, une personne avec qui elle venait de tisser un lien psychique incroyable par pur hasard ou pour une raison totalement inconnue qui lui échappait encore, mais dont elle voulait absolument trouver la réponse.

Trois heures que le black-out total avec l'Intelligence artificielle lui taraudait l'esprit de mille questions sans réponse. Trois heures que l'androïde avait enfin retrouvé l'adolescente, mais qu'elle avait sciemment coupé le contact alors qu'elle s'apprêtait à lui venir en aide dans un ridicule et minuscule monastère du quartier Nord de la ville. Trois heures que ses multiples essais de contact psychique avec Savannah étaient un échec et n'avaient fait qu'empirer ses maux de tête contraignants.

Niki fulmina en serrant le poing contre l'accoudoir de son fauteuil électrique et se pencha sur le côté, à la limite de tomber, pour passer sa main dans l'eau limpide. Elle passa ensuite ses doigts sur ses yeux noirs et recommença l'opération, pour descendre le long de son visage aux traits fins jusqu'à son cou. Ce contact agréable lui permit de prendre une longue respiration salvatrice, et son regard se mit à regarder le liquide avec davantage d'envie.

« Bientôt… », lança-t-elle pour elle-même, oubliant un instant ces pensées obscures, avant de faire glisser son autre main sur le panneau de contrôle de sa chaise et de la faire pivoter pour avancer vers la grande arcade d'entrée donnant vers l'extérieur.

Le temps était particulièrement clément aujourd'hui, bien que l'on soit en pleine période sombre, saison durant laquelle les journées ne sont que nuit perpétuelle. Le jardin était pourtant fleuri en permanence, grâce à l'entretien journalier de Green, le drone de classe polyvalente. La jeune handicapée aurait aimé s'y rendre de nouveau aux côtés de sa fidèle compagne à la teinte bleutée mais, hélas, une fois encore, elle pesta car cela lui serait impossible avant un long moment.

Alors que son humeur virait de nouveau au maussade, une présence se fit sentir derrière son dos.

D'un mouvement rapide de son index gauche, son siège pivota rapidement pour qu'elle se retrouve nez à nez avec Red.

La jumelle de Blue arborait une attitude plus combative que sa sœur métallique, et son apparence physique variait en plusieurs points avec cette dernière. Hormis le fait primordial que le flux énergétique qui parcourait sa prothèse photonique était d'un rouge vif et non d'un bleu profond, l'IA était vêtue d'accessoires vestimentaires qui lui donnaient un air bien plus singulier. Un long tour de cou dentelé et de longs bracelets effilés à chacun de ses poignets, ainsi qu'un armement composé d'un fouet électrique et d'une épée serpent permettaient au premier coup d'œil de les différencier. Elle ne possédait pas non plus de bouclier déflecteur mais pouvait utiliser une arme à rayons en remplacement.

Le drone adopta une posture très martiale et attendit un instant un ordre de la part de l'adolescente, mais celle-ci la regarda sans un mot, dans l'attente de son rapport sans plus de cérémonial. Red sembla déçue par cette attitude informelle et prit donc la parole :
— Je suis désolée de vous annoncer que Père n'a toujours pas retrouvé la trace de ma sœur et de sa cible.
Elle marqua une pause, sans réaction de son interlocutrice, et poursuivit :
— De plus, Yellow se trouve toujours sur le chemin du complexe dix-sept et devrait atteindre celui-ci dans deux heures et quarante-huit minutes.

— Très bien, mais elles pourraient tout aussi bien avoir choisi de rejoindre le complexe numéro trois ou même le huit, s'agaça la jeune infirme.
— Effectivement, maîtresse, mais selon toute probabilité…
— Je me moque de ces fichus calculs qui suivent une logique que j'ai explicitement demandé à Bee de ne pas suivre !

Red sembla décontenancée, alors que l'héritière des Vickers pianotait sur le tableau de bord de son fauteuil pour faire apparaître l'hologramme du visage de son défunt père sur l'autre accoudoir. Le visage de celui-ci était toujours souriant, en attendant calmement la requête de sa fille comme si cela semblait inéluctable.

— Je me plierai au protocole de succession seulement si j'ai des nouvelles rassurantes, tu es prévenu.
— Bien sûr, ma chérie, cela va de soi. Ne t'inquiète pas, il reste encore plus de trente-huit heures avant que ta majorité ne soit effective. Il serait impensable que durant ce long laps de temps nous n'ayons aucune liaison avec Numéro Neuf ou Numéro Trois.

Le créateur des intelligences utilisa le code qu'il leur avait donné à leur naissance et non les noms donnés par sa fille pour essayer de provoquer une réaction chez cette dernière. Malheureusement pour Marcus Vickers, sa tentative ne provoqua qu'un regard de suie à son encontre.

Niki détourna le regard en refermant l'hologramme sans un mot, et demanda à Red de la reconduire dans sa chambre pour décider de la tenue qu'elle porterait durant la cérémonie de son seizième anniversaire, qui ferait d'elle la seule et unique héritière aux pleins pouvoirs sur l'empire de sa famille. L'IA mémorielle de son père perdrait ses privilèges sur certains protocoles sensibles et ne pourrait plus aller à l'encontre de la moindre de ses décisions.

Le drone garda le silence durant le court trajet les menant à ses appartements et prit congé en la saluant :

— Je vous tiendrai immédiatement informée si la situation évoluait, maîtresse.

L'adolescente sentait déjà le peu d'affection que lui portait constamment la jumelle du robot, qui venait déjà de quitter les lieux, et ses incessantes attentions verbales avec lesquelles elle aimait tant jouer.

Sa colère se changea en dépit et elle avança vers le portant à vêtements qui se trouvait au milieu de la pièce.

Elle regarda les différentes tenues proposées par Brown, le drone Polyvalent qui était chargé de la bonne marche du domaine et ouvrit grand les yeux en remarquant des habits tous plus ou moins extravagants, aux pierreries scintillantes.

Les tissus fins brodés de fils d'or et les pierres précieuses prédominaient sur chacune des toilettes. La jeune femme brune déglutit en se demandant déjà comment se comporteraient les émissaires des autres maisons conviés à son intronisation au conseil des seize en la voyant dans l'une d'entre elles.

S'approchant encore du portant pour toucher les tenues, ses doigts fins roulèrent sur de la soie légère et des perles de culture d'une rareté dont elle n'avait pas même connaissance...

Yellow était un drone de classe Speeder de troisième génération. Il était constitué d'une synthèse photonique fragile, et ses composants étaient parmi les plus légers de sa catégorie. Son flux énergétique, d'une couleur presque dorée, lui permettait d'avoir une vitesse plus élevée que les autres robots du même type. Sa petite taille, ainsi que son corps très effilé, aux nombreux pics placés stratégiquement pour son aérodynamisme, voire pour se défendre si nécessaire, lui aurait permis d'être un adversaire redoutable dans une arène de Kyfball. Bien évidemment, son créateur voyait en lui un tout autre type de drone et, depuis sa mise en service, Yellow avait parcouru des milliers de kilomètres à travers toute la ville pour diverses missions se déroulant sur un timing serré ou avec une discrétion incomparable.

Il allait enfin atteindre son objectif dans moins d'une minute, grâce à son parcours majoritairement à travers les canaux destinés au transport de marchandises. Ces derniers étaient les pistes préférées des Speeders, qui pouvaient aisément s'y déplacer en évitant les lourds containers tractés par d'énormes engins logistiques. Le drone avait aussi emprunté quelques toits d'usines ou des artères clairsemées dans certains quartiers de la zone Nord pour enfin toucher au but.

Ses batteries étaient déjà bien entamées et, même si son convertisseur à turbines lui permettait de recycler une partie des frottements subis par son armure, il devrait prendre le temps de les recharger, une fois arrivé au complexe dix-sept.

Il ralentit sa cadence de course à l'approche du bâtiment protégé et envoya les codes de sécurité aux différents dispositifs défensifs disposés autour et à l'intérieur de l'entrepôt pour pouvoir y entrer sans encombre.

Son signal ne reçut aucune réponse.

Il s'arrêta donc, à moins d'une trentaine de mètres de l'enceinte du petit immeuble sur deux étages d'où émanait de la fumée.

Utilisant le zoom intégré à son optique, Yellow s'aperçut rapidement que la bâtisse avait subi une attaque. Il réenclencha immédiatement ses réacteurs dorsaux pour se précipiter à l'intérieur lorsqu'il fut touché de plein fouet par une masse musculeuse bien plus grande que lui.

Il envoya aussitôt un signal d'alerte à son père-créateur.

Niki Vickers avait finalement réussi à arrêter son choix sur la tenue qu'elle porterait pour fêter le plus important des anniversaires de sa jeune existence. Elle avait opté pour un patchwork composé de différents éléments empruntés à chacune des toilettes individuelles.

Satisfaite de son choix et de ce moment passé dans le calme, qui avait permis à son crâne de calmer ses ardeurs néfastes, l'adolescente sentit soudain une vague de fatigue envahir son corps frêle.

Ses yeux commencèrent à se fermer doucement alors que son fauteuil se transformait pour rassembler davantage à un transat de fortune qu'à un confortable siège de repos.

Pourtant, la jeune femme sombra progressivement dans une léthargie bienfaisante quand, soudain, Red entra brusquement dans la chambre dans une posture dramatique.

CHAPITRE PREMIER
FUITE EN DUO

Turbo-City, zone 59 quartier Nord, 8 mars 2092

Savannah Wilsey marchait à petits pas forcés depuis près de trois heures déjà et la cadence ne ralentissait pas. Elle essayait de suivre tant bien que mal le rythme imposé par sa compagne métallique, qui ouvrait toujours le pas quelques mètres en avant. Blue faisait tout pour garder une allure raisonnable et à la portée d'un humain normalement constitué, mais les ruelles étroites et serpentines empruntées par le duo ne favorisaient pas un effort physique soutenu et prolongé. La jeune femme blonde continuait de contrôler, non sans effort, les sanglots prolongés qui continuaient de lui rappeler sans cesse les évènements tragiques qui venaient de se produire juste avant cette nouvelle fuite en avant[2].

N'y tenant plus, et malgré les fortifiants que lui avait injectés le robot, la jeune femme au physique athlétique souffla profondément en s'adossant au muret d'une maison au look rustique et à la façade décrépie.

Elle continua de reprendre son souffle et invectiva sa bienfaitrice, qui stoppa sa course en une fraction de seconde.

— Hé, miss Blue, on arrive bientôt ? Parce que là…

Ses forces commençaient à l'abandonner alors que l'IA à l'allure humaine aux reflets électriques d'un bleu intense revenait vers elle d'un pas alerte.

— Juste Blue, miss Wilsey. Mes prérogatives ne me permettent pas de prétendre à une appartenance directe à une famille…
— Oui, oui, oui, OK, Blue, désolée. Mais c'est encore loin ? l'interrompit Savannah, qui n'avait jamais rencontré un drone aussi intelligent et parfait de sa vie.
Sa stupéfaction était toujours totale, même après avoir couru plusieurs heures à ses côtés. Et ses interrogations étaient toujours multiples.
— Dans une dizaine de minutes environ, selon la durée de votre pause, répondit le drone en se rapprochant. Ou moins si vous voulez finir notre voyage sur mon dos.
— Non, non, ça ira, merci, je peux…
— Ah, c'est parfait, nous arriverons donc dans les dix minutes, comme initialement prévu, se réjouit son interlocutrice, qui se re-

---

[2] Voir l'épisode deux, *Premier Envol*, pour découvrir ces évènements en détail. Il est actuellement disponible en librairie.

tourna pour reprendre sa route avec un large sourire qui la rendait encore plus humaine.

La voleuse fit la moue en essayant de lui faire comprendre qu'elle n'avait toujours pas fini sa pause pour reprendre son souffle, mais s'abstint en voyant sa compagne ouvrir déjà la voie à une dizaine de mètres en amont.

Quelques minutes plus tard, le duo arriva enfin en vue d'un petit immeuble au look anodin, simplement entouré d'une petite clôture métallique, et qui semblait abandonné.

Blue avait déjà envoyé les contre-mesures de sécurité aux différents systèmes de surveillance quand elles se rapprochèrent de l'enceinte extérieure.

Une fois à l'intérieur, les défenses se réenclenchèrent automatiquement alors que des lumières à détecteur de mouvement s'allumaient pour laisser découvrir aux deux visiteuses une immense salle unique où étaient entreposées des dizaines d'articles hétéroclites sur plusieurs palettes parfaitement alignées.

Avant que la jeune femme ne pût dire un mot, tandis que son regard se projetait déjà de bas en haut sur les différents racks, l'IA prit la parole :

— Il s'agit du complexe dix-sept. Propriété du groupe Vickers. Un bâtiment de ravitaillement où se trouvent les pièces de rechange nécessaires à mon bon fonctionnement où à celui de mes homologues.

— Tu veux dire qu'il y a tout ce qu'il faut pour vous autres, les têtes de ferraille ? sourit l'humaine, oubliant soudain ses préoccupations, subjuguée par une telle concentration de technologie et pièces détachées en tout genre.

Marchant au milieu d'une allée, elle put découvrir divers assemblages pouvant constituer des membres, tels que des bras ou des jambes mécaniques.

— Je vous laisse un instant, miss Wilsey. Je dois trouver de quoi recharger mes générateurs principaux et auxiliaires. Ainsi que de quoi effectuer les réparations sur mon communicateur longue distance, indiqua Blue, regardant son avant-bras qui avait subi quelques dégâts lors de son affrontement contre le tueur en armure. Nous sommes en sécurité pour quelque temps, je pense, mais ne vous attardez pas trop, nous reprendrons notre route rapidement.

Blue posa le sac d'affaires de la voleuse au sol et disparut entre deux rayonnages.

La jeune femme blonde n'insista pas et commença à aller et venir au milieu des étalages, à la recherche d'une éventuelle trouvaille dont elle n'avait pas la moindre idée. La quantité astronomique de pièces, dont la majorité lui était totalement inconnue, l'émerveillait simplement par le fait d'être là. Oubliant sa fatigue, se frottant le visage pour essuyer les dernières larmes qui avaient coulé il y a peu, elle déambula plusieurs minutes par pure curiosité avant de finalement revenir à son point de départ et de s'affaler sur une palette vide près de sa grande sacoche.

Le lieutenant Flint et le sergent Cooper se tenaient face à face, à l'arrière du véhicule de commandement de la petite colonne de blindés légers qui quadrillait les secteurs proches du temple de la Bonté première.

Ils avaient tous deux revêtu une armure de combat Terra, et tenaient à la main leur casque respectif.

Les deux officiers n'avaient pas appris grand-chose des rares survivants de l'édifice de retraite spirituelle, si ce n'est le nom de la dénommée Savannah Wilsey, qui revenait sans cesse dans les conversations des pauvres malheureux qui avaient pour ainsi dire tout perdu.

Ils avaient néanmoins réussi à établir un semblant de chronologie d'évènements, qui semblait le plus plausible. Un exécuteur des Sections du Crépuscule, prénommé Dirk Valentine, avait pénétré l'enceinte du bâtiment, sous couvert d'une fausse identité, quelques jours auparavant. Il en avait profité pour poser des explosifs au fil des jours pour réduire la quasi-totalité du temple en cendres lors de son passage à l'action. A priori, il en voulait à la jeune protégée des frères, qui pourtant ne représentait aucun danger particulier.

Même si son dernier contrat – l'élimination d'un leader de fan-club d'une équipe de Kyfball d'une ligue mineure – avait été laborieux, il s'en était sorti et aucun nouvel ordre direct ne lui avait été donné depuis quelques semaines. Il avait même refusé quelques contrats insignifiants entre-temps.

Le frère Alaric, dont les propos avaient été un peu plus cohérents que ceux de ses compagnons, avait permis de confirmer l'assemblage des différentes pièces de ce puzzle incohérent.

Le lieutenant Flint avait alors décidé de poursuivre la recherche de cette jeune voleuse aux abords du temple, avant d'étendre les recherches à un périmètre plus important.

Pour le moment, ces dernières n'avaient absolument rien donné, jusqu'à ce qu'un rapport vienne changer la donne. Un petit entrepôt d'une des corporations majeures de la ville venait d'être signalé en flammes dans la zone 59 du quartier Nord. Pour les deux officiers de longue date, il ne pouvait s'agir d'une coïncidence, et Cooper avait immédiatement ordonné un redéploiement stratégique vers le lieu incendié.

Les deux hommes échangèrent un regard entendu, plein de résolution et enfilèrent leur casque alors que le chauffeur de leur véhicule leur indiquait :
— Nous arrivons sur cible, mon lieutenant.

CHAPITRE DEUX
UNE INTRUSION INOPINÉE

Turbo-City, complexe dix-sept, 8 mars 2092

Savannah vit réapparaître Blue après une trentaine de minutes passées à se requinquer et à souffler doucement en faisant l'inventaire de son sac à dos. Elle se réjouissait que rien ne manquât à l'appel, et ses ailes n'avaient subi aucun dégât sérieux. Une bien maigre consolation qui ne fit pas disparaître sa boule au ventre et l'étau qui enserrait son cœur.

— Vous êtes prête à repartir, miss Wilsey ? lui demanda aussitôt sa compagne d'infortune en lui faisant face, une petite seringue dans la main droite et un sac bien garni dans l'autre.

— Hein, quoi, déjà ? Vous avez dit que nous avions un peu de temps devant nous, répondit la jeune voleuse, qui espérait pouvoir enfin poser la tonne de questions qui lui taraudait l'esprit depuis des heures.

— Oui, je le pensais aussi, mais je n'ai pas réussi à trouver de quoi réparer mon communicateur, et il me faut absolument joindre ma maîtresse pour la tenir au courant de votre état de santé et de la situation dans laquelle nous nous trouvons. D'autant que je n'ai toujours pas réussi à informer mes semblables du domaine de dame Vickers de notre avancée.

Ce faisant, le drone à la mine préoccupée, s'accroupit aux côtés de la voleuse et vint lui planter sa courte seringue dans le cou sans que celle-ci fît un signe de recul, mais l'interrogea du regard.

— Ne vous inquiétez pas, il ne s'agit que d'une toute petite dose de boosters physiques, votre corps a déjà presque atteint ses limites et je ne peux malheureusement plus vous en administrer davantage. Mais cela devrait suffire jusqu'à notre prochaine destination.

— Notre prochaine destination ?

— Oui, ce n'est qu'à quelques heures de marche d'ici.

— Quelques heures ?

Savannah fit la moue en comprenant déjà qu'elle ne pourrait pas aller contre la volonté implacable de sa compagne, mais elle essaya tout de même :

— Et vous pensez que, sur place, vous trouverez votre matériel pour joindre votre maîtresse, que j'aurai enfin les réponses à mes questions et que je pourrai panser… mes blessures ?

— Bien entendu, et nous n'y serons pas seules. De plus, vous y trouverez sûrement de quoi modifier et recharger vos ailes qui…

Brusquement, plusieurs décharges d'armes à feu lourdes se firent entendre à l'extérieur de l'enceinte, interrompant la conversation des deux femmes, qui se relevèrent d'un bond simultané, tel un seul être. Leurs regards se croisèrent et, sans échanger un mot, elles comprirent ensemble que leurs poursuivants venaient sans doute de les rattraper.

Blue prit en main sa double lame énergétique, montra l'arrière du bâtiment et sortit des grenades du sac qui pendait à son autre bras.

Le monstre à la peau pourpre avait la langue pendue et baveuse. Il reniflait l'air sans discontinuer en sautant de toit en toit depuis plusieurs heures déjà.

L'odeur familière au parfum acétique devenait de plus en plus perceptible, presque palpable.

Son sang percutait ses tempes à vive allure, alors que son excitation et sa rage augmentaient à chaque nouveau bond.

Il grimpa et s'arrêta en haut d'une longue tour circulaire servant de relais de communications pour le bloc alentour.

Scrutant l'horizon à trois cent soixante degrés, l'animal renifla longuement vers les quatre points cardinaux et recommença l'opération plusieurs fois avant de se jeter sur la toiture d'une grande maisonnette à l'allure vieillotte, à l'est de sa position.

Il courut sur tout le long de la bâtisse et sauta de nouveau pour finalement retrouver le sol bitumé du parking d'un entrepôt à l'abandon.

Piaffant d'impatience en émettant de petits cris aigus, le monstre stoppa finalement sa course devant un petit immeuble qui semblait tout aussi inoccupé que les nombreuses constructions qu'il avait dépassées depuis un long moment déjà.

Son faciès bestial semblait exprimer une joie intense, alors que ses narines étaient dilatées à leur maximum.

Bombant le torse, il se rua en avant, et ses griffes acérées coupèrent facilement le grillage métallique qui se trouvait entre lui et l'édifice.

Reprenant sa course aussitôt par une ouverture assez grande pour le voir passer à travers la clôture, l'animal fut stoppé net dans sa course lorsque deux mitrailleuses lourdes à double canon postées à chaque coin de l'immeuble se mirent à tirer sur lui.

Hurlant sa rage, la bête leva ses deux pattes devant sa gueule alors que son corps encaissait les impacts tant bien que mal. Les blessures et le sang apparaissaient déjà lorsque les armes arrêtèrent leur vrombissement pour recharger et refroidir un instant, après plusieurs secondes de cadence infernale.

Le monstre profita de ce court répit salvateur pour bondir vers l'arme la plus proche.

Savannah et Blue ignorèrent les déflagrations à l'extérieur et se précipitèrent vers l'arrière du bâtiment. Sur leur passage, elles laissèrent tomber plusieurs grenades incendiaires, qui explosèrent à intervalle régulier.

La première profita de ce que la seconde ouvrît une double porte blindée pour enfiler ses ailes. Les batteries étaient pratiquement pleines mais peut-être que leur nouvelle dérobade en nécessiterait une utilisation prolongée.

En sortant à l'air libre, la voleuse remarqua immédiatement une motojet légère, parquée sur un côté de l'immeuble.

Sa compagne comprit son intention et lui fit remarquer qu'il s'agissait d'un aérospeeder destiné à un drone de maintenance.

— Et alors ? demanda la jeune femme blonde. Vous devez pouvoir le démarrer, non ?
— C'est possible, miss Wilsey. Mais je crains qu'il ne puisse pas supporter le poids cumulé de nos deux personnes.
— Aucune importance. Je n'en aurai pas besoin dans l'immédiat.

Des bruits sourds se firent entendre à l'intérieur du bâtiment alors qu'une fumée épaisse commençait déjà à filtrer de l'entrée empruntée par les deux femmes.

La monte-en-l'air montra du doigt un long pylône électrique de l'autre côté de la rue et continua en se massant la nuque :
— Je sens que les drogues que vous venez de m'administrer commencent à faire leur effet. Vous ouvrirez la voie et j'essaierai de vous suivre de là-haut pendant qu'elles agissent.
— Miss Wilsey, vous êtes sûre que…
— Pas le temps de réfléchir, Blue, si les Sections nous tombent dessus…, renchérit Savannah alors qu'elle venait lui tapoter l'épaule en souriant au bruit des moteurs du véhicule léger vrombissant doucement.
L'Intelligence artificielle se retourna avec une expression d'incompréhension sur son visage, alors que l'humaine courait déjà à perdre

haleine en direction de son objectif. Elle ramassa son long sac posé à ses pieds et passa la sangle autour du siège unique qui trônait au milieu de la motojet rudimentaire, sur laquelle elle monta ensuite.

Au même moment, la double porte vola en éclats et fut propulsée dans les airs sur plusieurs mètres, avant de retomber lourdement dans un fracas assourdissant, projetant de la terre et du bitume dans toutes les directions.

Le drone fut de nouveau étonné en ne voyant pas émerger des silhouettes humaines par l'ouverture ainsi agrandie, mais une unique bête, impressionnante du point de vue musculaire, de pourpre mêlé de rouge.

Le monstre éructa en bondissant loin en avant, alors qu'elle manœuvrait pour lui faire face, levant son épée en l'air, pendant que ses circuits neuronaux ordonnaient à l'aérospeeder de foncer vers lui.
culairement impressionnante de couleur pourpre mêlée de rouge.

Le monstre éructa en bondissant loin en avant alors qu'elle manœuvra pour lui faire face, levant son épée en l'air, alors que ces circuits neuronaux ordonnèrent à l'aérospeeder de foncer vers lui.

Savannah ne se retourna pas et continua sa course vers le pylône qui ne se trouvait plus qu'à une vingtaine de mètres.

Elle baissa les épaules en entendant un énorme boum dans son dos, mais poursuivit vers son objectif.

Enfin arrivée devant la structure métallique, et après une courte pause pour trouver son second souffle, elle commença à l'escalader.

Grâce à son agilité, à ses années de pratique et à la dose de produits énergisants injectée par sa camarade robotisée, il lui fallut moins d'une minute et trente secondes pour arriver au sommet du grand poteau électrique.

Allumant son dispositif aérien, elle se retourna enfin pour faire signe à son binôme, et écarquilla les yeux devant la scène qui se déroulait trente mètres plus bas.

Blue esquiva l'attaque de l'animal enragé qui avait sauté au-dessus d'elle, dans l'espoir de lui attraper la tête.

La bête semblait blessée, mais cela ne l'empêchait pas d'avoir une vitesse impressionnante, malgré son gabarit imposant.

Il l'avait d'abord ignorée pour courir vers sa jeune protégée, mais le monstre s'était résolu, en poussant plusieurs cris gutturaux, à se débarrasser d'elle.

Les tours successifs que la motojet avait effectués devant lui stoppaient son élan chaque fois et Blue, en se rapprochant, devenait de plus en plus menaçante avec son arme aux crépitements perturbants.

Ses pattes arrière griffèrent le sol en laissant leurs empreintes incrustées dans la terre alors que son adversaire se ruait déjà vers lui. Cette fois-ci, il hurla violemment sa douleur, lorsque la double lame énergétique vint le frapper au milieu du plexus solaire.

Le coup projeta une longue giclée de sang en suivant les lames électriques sur toute leur longueur.

Dans un mouvement défensif, l'animal porta sa patte griffue à sa plaie et la regarda un instant, couverte de son propre fluide corporel. Il se tourna ensuite vers son ennemi.

Ce dernier braquait déjà son véhicule pour lui faire de nouveau face, dans l'intention de l'attaquer une nouvelle fois.

Le véhicule sur lequel elle se trouvait commençait à émettre des sons aigus et à projeter de la fumée noirâtre à la hauteur des turbines arrière. Pourtant, cela n'empêcha pas sa conductrice de repartir à l'assaut.

Pour la première fois, son opposant bondit loin sur le côté, dans l'espoir de lui échapper. Il semblait vouloir parler dans un dialecte inconnu, et les sons discontinus qui sortaient de sa bouche semblaient n'avoir aucune signification particulière dans les différentes bases de données linguistiques que le drone parcourut en combattant.

Blue prenait l'avantage et comptait bien en profiter, mais sa monture en avait décidé autrement et des voyants d'alerte commençaient à clignoter sur toute l'interface de bord archaïque.

Le monstre profita de son hésitation pour s'éloigner davantage.

L'IA regarda en direction de Savannah, qui se tenait prête, et décida de filer à vive allure pendant que l'aérospeeder répondait encore à ses demandes.

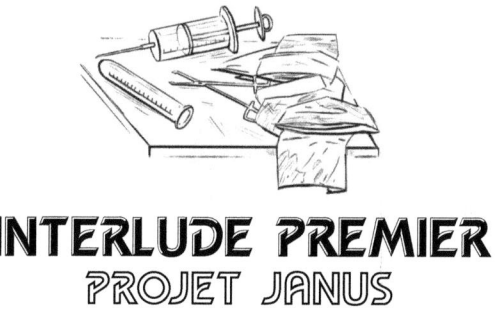

INTERLUDE PREMIER
PROJET JANUS

Turbo-City, laboratoires du projet Janus, 9 mars 2092

Le docteur Ursula Desblanc était une femme d'une quarantaine d'années, à la peau mate, qui ne devait pas peser plus d'une quarantaine de kilos et mesurer moins d'un mètre cinquante. Sa longue chevelure aux teintes prune arrivait jusqu'à la cambrure de ses reins. Ses yeux noisette reflétaient sa détermination à mener à bien le nouveau projet que sa hiérarchie venait de lui confier. Elle ne portait qu'une petite blouse bleue et des chaussures de laborantine en cuir antidérapant assorti. Ses fines mains, un brin squelettiques, tenaient le dernier rapport d'analyse que venait de lui fournir son aide.

Une petite femme potelée, à la peau bronzée, qui portait la même tenue, frappée d'un sceau aux deux visages stylisés regardant dans des directions opposées. Cette dernière avait des cheveux blonds coupés au carré et des rondeurs, à l'opposé de sa supérieure. Lorsque l'une avait un maquillage minimaliste, l'autre était parfaitement fardée. Mal à l'aise et nerveuse, elle attendait les commentaires de la chef du laboratoire.

Dans la pièce où se trouvaient les deux femmes, deux droïdes d'assistance s'attelaient à côté d'une cellule de cryogénisation en parfait état de fonctionnement. Ils s'attelaient à préparer une table d'opération et tournaient autour en préparant divers ustensiles médicaux sur plusieurs plateaux déjà bien fournis.

Le reste de la pièce était composé de plusieurs écrans d'analyse, qui renvoyaient des données en continu. Quelques chaises rudimentaires et une table aux nombreuses tablettes numériques et à un nombre incalculable de feuilles de papier plus ou moins froissées complétaient le tableau.

La tension était palpable entre les deux collègues de travail, mais elle retomba d'un coup lorsque Ursula sourit en rendant la tablette analytique à sa subalterne en la félicitant des résultats.

— C'est formidable, Marine. Le spécimen que nous venons de recevoir est viable à 99,12 %. Malgré ses nombreuses lésions cutanées, ses innombrables fractures et une calcification certaine de bon nombre de ses organes internes, il sera parfait pour notre nouvelle tentative.

La blondinette joua sur sa blouse pour reprendre de l'air et souffler de soulagement à cette annonce. Elle transpirait à grosses gouttes dans la chaleur étouffante de la petite pièce exiguë, et son maquillage bien trop prononcé coulait légèrement autour de ses yeux et sur ses joues.

— C'est formidable, mademoiselle Desblanc. Nous allons enfin pouvoir procéder à la phase deux. Je lance le compte à rebours de réanimation contrôlée et j'avertis immédiatement Madame…
— Non, non, pas tout de suite, la coupa son interlocutrice. Réalisons d'abord la phase entièrement et ensuite nous pourrons l'avertir de notre succès. Et puis, nous sommes encore loin de la phase quatre, alors…

La chef du laboratoire piaffa presque d'impatience, en souriant davantage et tapotant de ses doigts fins le long pendentif argenté qui trônait au milieu de sa poitrine aux petits cônes presque invisibles. Elle s'imaginait déjà laver tous les affronts subis lors de ses multiples échecs précédents et montrer à tous ces ingrats parvenus toute sa virtuosité en leur dévoilant sa future création.

Yellow fut projeté au sol et son corps roula sur plusieurs mètres après le choc de l'impact violent dont il venait d'être victime. Sa prothèse photonique avait été lourdement perturbée et sa vision resta asynchrone pendant de longues secondes. Heureusement pour lui, son calculateur de trajectoires était pleinement opérationnel et le drone put reprendre rapidement une position horizontale, bien que toujours partiellement aveugle.

Un déplacement d'air rapide sur sa gauche lui permit de comprendre que ce qui l'avait percuté revenait déjà à la charge pour recommencer.

Heureusement que ses déflecteurs principaux avaient contenu la première attaque, car la seconde fut bien plus dévastatrice pour ses différents systèmes internes, alors que son corps était de nouveau projeté dans les airs sur une dizaine de mètres.

La liaison qu'il avait réussi à établir avec le manoir Vickers avant le début des hostilités permettrait à sa maîtresse et à son créateur d'analyser l'intégralité de ce que ses capteurs pouvaient enregistrer comme données visuelles, sonores, thermiques et olfactives.

En percutant un mur en pierre, ses déflecteurs secondaires surchargèrent à leur tour, et leur temps de recharge effective ne lui permettrait pas de pouvoir encaisser une nouvelle attaque aussi perforante.

Sa vitesse de propulsion lui permit de se remettre sur pied rapidement, mais ses capteurs visuels étaient toujours défaillants.

Analysant sa situation et les différentes probabilités de nouvel impact, le robot alluma simultanément l'ensemble des turbines se trouvant sur ses membres inférieurs et supérieurs pour être propulsé latéralement sur quelques mètres.

Une masse volumineuse emboutit le mur derrière sa position initiale en l'éclatant proprement pour passer à travers. Un cri perçant frappa au même instant ses capteurs auditifs.

Un court répit s'ensuivit et Yellow continua de s'écarter davantage de la cloison démolie, alors que ses systèmes d'urgence se mettaient en veille pour laisser les circuits principaux reprendre progressivement le contrôle.

La poussière et les petits projectiles enfin dispersés, le drone put clairement voir apparaître une masse difforme ensanglantée et meurtrie sortir des décombres en reniflant l'air de manière saccadée.

Le Speeder hésita quant à la marche à adopter, espérant recevoir un nouveau protocole à suivre de la part de sa maîtresse.

Niki Vickers venait de suivre les dernières secondes de l'attaque en crispant ses deux mains sur chaque accoudoir de son fauteuil.

Red l'avait alertée de l'urgence de la situation quelques minutes auparavant, alors qu'elle s'apprêtait à tomber dans un sommeil léger et réparateur. Le drone avait fait irruption dans son espace privé à la volée et l'avait derechef avertie du signal d'alerte lancé par Yellow à son arrivée au complexe dix-sept.

La jeune infirme l'avait alors suivie dans la rotonde, le complexe central du manoir qui servait de centre névralgique et de berceau permanent à son père.

L'ensemble des systèmes de la corporation y étaient reliés et une multitude d'écrans de contrôle, de datadecks, de connexions permettaient d'en suivre les principaux mouvements en temps réel.

Bien entendu, les neuf drones principaux de la maison Vickers y étaient aussi rattachés et chacun possédait une dalle de communication holographique en cas de nécessité. Leur créateur en était toujours le principal pilote, même si les heures étaient comptées avant que certains de ces protocoles de sécurité ne soient réaffectés en binôme avec sa fille ou accès unique pour cette dernière.

De petits droïdes utilitaires, le plus souvent de forme ovoïde, et aux multiples bras multifonctions, maintenaient l'ensemble en parfait état de marche, jour et nuit, de façon immuable et parfaitement coordonnée.

Son fauteuil encore sur le chemin la menant de sa chambre à la pièce stratégique, elle n'avait pu s'empêcher de demander des nouvelles de Blue et de sa protégée à Marcus. Mais ce dernier l'avait immédiatement renseignée par la négative en lui demandant de réfléchir quant aux nouvelles directives à fournir à Yellow.

L'adolescente n'ayant aucune réponse à lui proposer, faute de données suffisantes, lui ordonna de respecter un protocole défensif strict avant toute chose.

Red, copiant sa vitesse de déplacement, s'était tenue à l'écart des échanges et resta encore silencieuse en visionnant les mêmes flux d'informations que Niki.

Sa maîtresse hésitait encore quant à la directive à mettre en place avant de finalement donner l'ordre de poser un commutateur psychique sur la créature faisant face à son fidèle serviteur métallique.

Les deux femmes aux tempéraments aussi diamétralement opposés que leurs physiques réciproques mettaient leurs différends de côté depuis plusieurs heures déjà.

Et travaillaient de concert pour stabiliser l'état préoccupant de leur nouveau cobaye.

Le processus purement cérébral avait été simple, avec des injections successives, à intervalle régulier de doses massives d'opiacés interdits. Les ressources auxquelles elles avaient accès étaient presque illimitées, et la direction du projet était toujours encline à répondre à leurs moindres demandes, qu'elles soient légales ou non.

Ursula Desblanc avait pris l'habitude de ne pas demander la provenance ou les moyens engagés pour lui trouver tout le nécessaire pour parvenir à ses fins.

Contrairement à sa subordonnée, qui commençait à douter du bien-fondé de ses recherches qu'elle s'était pourtant réjouie de rejoindre dès sa sortie de l'académie de biogénétique et d'ingénierie médicale financée par la mégacorporation Sayn.

Mais pour le moment, leur préoccupation était de ralentir au maximum les fonctions physiques de l'individu sans nom pour remplacer, souder ou cimenter la majorité de ses articulations et de son squelette à l'aide de nombreuses pièces en acier, titane ou céramique.

La taille de ses fragments multiples était la tâche principale des deux drones à leur disposition, qui s'attelaient sur une cadence infernale grâce aux calculs de Marine pour les manufacturer.

Pour les manipulations les plus difficiles, Ursula n'aurait délégué ce labeur à personne. Ses fines mains aux doigts longs étaient d'une précision et d'une efficacité infaillibles.

Cette étape terminée, elles passeraient à l'utilisation des techniques du sarcophage dronique pour remplacer les organes vitaux et éliminer ceux qui n'auraient plus aucune utilité lorsque la dernière phase arriverait pour enfermer le cerveau dans un ensemble de culture synaptique artificielle.

En attendant d'en arriver là, le chemin était encore long et périlleux. Les séquelles causées à la membrane cérébrale ou aux tissus, aussi bien les neurones que les cellules gliales, devaient être totalement nulles pour arriver cette fois-ci à engendrer un sujet parfait.

Derrière les épaisses baies vitrées qui se trouvaient dans leur dos, des cages aux grilles en kevlar triplement renforcé, sécurisées par deux énormes Techno-Démolisseurs de combat continuaient de leur dévoiler sans cesse leurs cuisants échecs précédents.

Une galerie d'abominations plus ou moins conscientes, plus ou moins difformes qui devaient être sédatées et surveillées en permanence. Mais dont la responsable des lieux ne voulait toujours pas se séparer avant d'avoir accompli son œuvre...

Le monstre pourpre ne reçut pas le contrecoup du commutateur psychique dès que ce dernier se logea sous sa peau en perforant légèrement son pectoral gauche.

Yellow avait lancé ses propulseurs à pleine puissance pour le prendre au dépourvu alors qu'il sortait à peine des décombres poussiéreux, encore un peu groggy.

La vitesse d'exécution et l'agilité du drone firent la différence sur les quelques secondes écoulées entre l'ordre immédiat donné par sa maîtresse et sa réalisation.

La pointe du poing du Speeder présente sur le dessus de sa paume, en appui sur l'animal, lui permit de pivoter pour se soulever et bondir au-dessus de son adversaire. Il pivota pour entrer dans le bâtiment encore en flammes, alors que les sédatifs injectés lors de la pose de l'implant subdermique commençaient déjà à faire leur effet.

La bête plia des genoux alors que ses yeux se fermaient progressivement. Finalement, en grognant légèrement et sans vraiment comprendre ce qui lui arrivait, elle s'affaissa de tout son poids dans la terre, tête la première. Un léger nuage se forma, alors que Yellow se retournait un instant pour voir son attaquant dans un état comateux tandis que certaines de ses blessures cicatrisaient déjà.

Le robot intelligent fit volte-face une fraction de seconde plus tard, et sauta aisément entre les différentes flammèches plus ou moins importantes, alors que l'intérieur de la bâtisse était un véritable capharnaüm sur le point de rendre l'âme.

Il se dirigea sans attendre vers le centre de contrôle de l'édifice, où sa sœur Blue avait dû laisser des instructions pour lui ou un message pour son créateur.

Une explosion éclata à quelques mètres de lui mais, heureusement, l'intégralité de ses boucliers énergétiques encaissa la déflagration en enclenchant aussi leur procédure de rechargement grâce à leur convertisseur direct d'énergie électrique, ses deux accumulateurs cinétiques ayant arrêté de fonctionner durant son affrontement.

Son niveau de ressources devenait faible, mais il poursuivit ses protocoles directs, jusqu'à enfin arriver près d'une interface neuronale reliée à une station de travail des plus basiques.

Niki pesta en découvrant en même temps que son drone que la station était inutilisable et que l'interfaçage avait était saboté pour ne pas être utilisé.

Aucun autre moyen de communication n'était présent dans l'immeuble et elle ne voyait pas comment Blue aurait pu lui laisser des indications quant à son passage dans le complexe.

Elle ordonna à son drone de scruter le poste de pilotage sous toutes les coutures pour y déceler le moindre détail anodin. Sans succès.

À contrecœur, l'adolescente garda son calme, en comprenant que le Speeder était arrivé trop tard. En y songeant, son altercation avec la bête avait dû effacer le petit caillou laissé par sa protectrice.

Pourtant, elle sourit au souvenir de ce conte pour enfants que Blue lui avait raconté tant de fois durant ses jeunes années et, n'y tenant plus, prit le contrôle de la machine à distance en s'interfaçant à son fauteuil.

Après une latence et un transfert quasi instantané, la handicapée scruta le sol à la recherche de la moindre miette de pain laissée par Blue.

Passant d'un filtre oculaire à un autre, elle décela finalement un grain de poussière quasi microscopique luisant à l'intérieur de la prise d'interfaçage de la station, la rendant effectivement inopérante.

La couleur bleue ne faisant aucun doute et réduisant en miettes le dispositif, l'infime morceau de céramite resta le seul entre les deux doigts du drone.

La vision microscopique de la machine autorisa enfin la jeune fille à lâcher prise, en inspirant profondément de soulagement.

Une entaille invisible à l'œil nu lui indiqua que le drone et sa protégée suivaient toujours leur mission.

Après avoir réduit le fragment à néant entre ses doigts, la séquence de contrôle à distance se conclut et la réalité de la jeune femme revint à la normale.

Son regard froid croisa celui de l'hologramme de son géniteur artificiel et elle lança :
— Prépare la cérémonie. Je m'y rendrai comme prévu, à l'heure. Envoie Yellow vers la tour relais de la porte Nord après qu'il aura fait une halte pour recharger ses systèmes pendant que Red prépare mon retour de ma transe psychique.

Avant que le visage de Marcus ne pût lui répondre, elle continua :
— Pas la peine de m'en dissuader. Tu sais bien que l'implant n'a qu'une autonomie très courte mais que, si j'arrive à me faire une place suffisamment profonde dans la psyché de cet animal, je pourrai y retourner sans lui.
— Mais il s'agit d'une bête sauvage aux instincts sanguinaires. Peut-être même un tardigrade…

— Je me fiche de ce que ça peut être. Je dois pouvoir comprendre ce qu'il faisait là. Ça ne peut être une coïncidence, et tu le sais bien.

L'Intelligence artificielle n'eut rien à répondre, sachant pertinemment qu'il n'y avait aucun espoir de dissuader son interlocutrice. Les nouvelles directives avaient été envoyées à Yellow alors que le monstre gisait toujours inerte au sol dans un état léthargique.

CHAPITRE TROIS
ŒIL ÉLECTRIQUE

Turbo-City, zone 61 quartier Nord, 9 Mars 2092
Savannah Wisley continuait de voler à moins de vingt mètres du sol, tout en gardant un œil constamment fixé sur son équipière du moment.

Pour le moment, et depuis que les deux femmes avaient quitté précipitamment le complexe en flammes, rien n'était venu perturber leur nouvelle fuite en avant.

Depuis de longues minutes, les bâtiments s'étaient faits de plus en plus rares et de grandes artères parfaitement rectilignes et entretenues permettaient à la jeune femme à la fine natte blonde de suivre sans accroc la motojet fumante conduite par Blue en contrebas.

À mesure qu'elles avançaient, l'extrémité nord de la ville se rapprochait, et avec elle le mur d'enceinte qui la protégeait des multiples dangers extérieurs.

La monte-en-l'air s'interrogeait toujours sur le franchissement de ce dernier, alors que sa camarade était restée quasi muette depuis leur départ du temple. Cela valait pour ce point mais aussi pour sa mystérieuse apparition, alors qu'un tueur fou avait réalisé un carnage ou que…

Ses pensées sombres continuaient d'affluer malgré la douce brise qui fouettait son doux visage, dont les traits tirés trahissaient son état de fatigue actuel.

Pourtant, Savannah dut en faire abstraction lorsque la pilote de l'aérospeeder lui fit signe de descendre alors qu'elle arrêtait son engin pétaradant sur une petite aire prévue à cet effet.

Le sergent Cooper revint vers son supérieur au pas de course. Ce dernier était adossé à l'ombre du véhicule de commandement posté à l'arrière du groupe de cinq blindés légers.

L'officier en second indiqua que ses hommes avaient retrouvé le corps inerte d'un animal inconnu encore en vie, à l'arrière du petit bâtiment en flammes totalement dévasté qui ressemblait davantage à une ruine en sursis qu'à un complexe industriel en bon état de marche.

— Très bien, Gérald, mais que vient faire cet animal, précisément ici, alors que nous en sommes toujours à la traque des survivants du temple de la Bonté première ?

L'homme de grande taille, toujours vêtu de son armure de combat, hésita à répondre alors que son supérieur continuait en écrasant son substitut électronique de cigarette mentholée sur la paroi du véhicule :
— Et à qui appartenait cet immeuble, sergent, dans cette zone à moitié désertée ?

Reprenant un peu de couleurs et de souffle en retirant son casque, le visage dégoulinant à grosses gouttes, enfin à l'air libre, il répondit :
— Pour le moment, nos bases ne trouvent aucune réponse. Quant à la créature, je suis désolé, mon lieutenant, mais là encore…

L'adjoint baissa la tête, en la hochant négativement.
— Je n'y comprends absolument rien…

Flint sourit en se redressant.
— Les réponses viendront en temps voulu, Gérald. Pour le moment, on embarque notre bel endormi, et on lance le béhémoth Delta à la poursuite de nos cibles.

Cooper hésita à répondre mais confirma l'ordre donné en saluant son supérieur, avant de prendre congé.

L'homme à la carrure d'athlète continua de sourire en le voyant disparaître derrière un blindé garé non loin de là. Il pensa pour lui-même : « Patience, mon vieil ami, patience. » Son œil vif regarda ensuite le ciel sombre, légèrement rougeoyant, avant d'inspecter une dernière fois les restes de l'immeuble en flammes. Le soldat réintégra ensuite son siège, derrière le poste de pilotage de l'engin blindé et alluma de nouveau une courte tige métallique qui lui servirait de cigarette de substitution pour les prochaines minutes. L'inhalateur électronique lui permettait aussi de s'inoculer quelques fragrances aux stéroïdes anabolisants, indispensables à son bien-être.

Après s'être concertées quelques minutes auparavant, la voleuse et le drone avaient conclu qu'il serait préférable d'abandonner la motojet défaillante plutôt que d'essayer de perdre du temps à la rendre de nouveau opérationnelle.

Blue indiqua à Savannah qu'il ne restait plus que quelques kilomètres à parcourir à travers un défilé rocheux pour rejoindre leur prochaine destination.

La jeune femme avait acquiescé en soupirant. Sa moitié était immédiatement repartie en courant droit devant elle après avoir réduit son aérospeeder à l'état d'épave. Pour ce faire, rien de plus simple, s'était-elle étonnée en voyant la droïde à l'apparence quasi parfaite soulever le véhicule léger au-dessus de sa tête, comme s'il s'agissait d'un vulgaire sac de patates. Pour le projeter ensuite avec une violence telle que la moto parcourut une dizaine de mètres avant de s'écraser au sol dans un geyser de tôles ondulées et d'étincelles en tous sens. L'explosion qui suivit finit de la réduire en cendres. En arborant une mine satisfaite, l'IA décréta leur départ en prononçant simplement : « Mieux vaut ne pas laisser la moindre trace exploitable aux Sections du Crépuscule, comme me l'a simplement demandé maîtresse Vickers », avant de se retourner en s'éloignant.

La voleuse resta un instant sans voix et se jeta à la suite de l'androïde en ordonnant à ses ailes de suivre ses pensées.

La sortie du canyon fut plus rapide que ne l'avait d'abord imaginé la jeune femme à la longue tignasse blonde. Le sable et la poussière volaient sur son visage à la teinte jaunie.

Elle n'était jamais allée aussi loin au nord de la ville, et pensait qu'il était impossible de trouver une telle étendue semi-désertique là où son esprit avait toujours imaginé des blocs d'habitations, des usines fumantes ou des tours immenses. Pourtant, au fil de leur parcours, la civilisation avait peu à peu laissé place à un paysage presque paisible, qui déroutait ses sens tout particulièrement.

Ses repères s'étaient volatilisés même si, à l'horizon, la cité tentaculaire dessinait toujours la même carte postale imagée de gratte-ciels immenses aux formes disparates.

Pourtant, cette première fois loin de la pollution la ravissait, et elle ne remarqua pas tout de suite que sa compagne était sortie du sentier emprunté depuis peu de temps.

Reprenant un peu d'altitude pour se concentrer de nouveau sur cette dernière, Savannah remarqua Blue, dévalant une pente sur un côté de la route ensablée.

Le drone avait repris l'intégralité de ses affaires et la monte-en-l'air, toute légère, n'eut aucun mal à manœuvrer sa combinaison pour le rejoindre en piquant rapidement vers celui-ci.

Blue s'était arrêtée devant une grille d'aération, sortie de nulle part dans cet endroit improbable, et l'humaine atterrit à ses côtés en lui souriant, fière d'avoir réussi sa manœuvre seule et à la perfection.

Sa protectrice métallique l'ignora en récitant une série de chiffres à haute voix avant de soulever la plaque du sol.

La gargantuesque machine, à la partie centrale longue d'un bon mètre, possédait un gigantesque œil unique au milieu de sa plaque de blindage principal. Onze bras télescopiques tentaculaires sortaient de chaque côté de son corps et quatre pinces acérées claquaient déjà à l'unisson en sifflant l'air.

Le béhémoth Delta venait d'être activé par son opérateur. L'« œil électrique », comme le surnommaient tous les soldats qui avaient croisé l'un de ses semblables dans une mission à haut risque, attendait ses directives de combat pour se mettre en plein état de fonctionnement.

Diverses données biométriques, géographiques et topographiques furent envoyées à sa matrice, et le drone vrombissait progressivement à mesure qu'il prenait de la hauteur pour monter dans le ciel de Turbo-City.

Flint sourit en voyant le dispositif s'envoler au loin. Il ordonna au convoi de le suivre à distance, dans l'espoir que ce dernier lui donne enfin des réponses.

Le duo emprunta un long tunnel éclairé avant d'aboutir à une petite porte sans serrure à l'aspect presque anodin.

Blue posa sa main gauche sur la station d'interfaçage présente sur le mur droit à côté de l'entrée, et celle-ci disparut dans le sol l'instant d'après.

Elle pénétra, suivie de Savannah, dans une petite pièce circulaire ressemblant à un atelier de confection.

Déposant les affaires de la jeune femme au sol, le drone entreprit d'explorer les lieux, mais s'arrêta net en entendant un bruissement d'ailes venir du fond de la pièce.

Un volatile robotisé apparut devant leurs yeux et cliqueta plusieurs fois en tournant autour des deux femmes. Son apparence était celle d'une perruche commune, mais son envergure était approximativement aussi grande que celle d'un grand perroquet.

« Bonjour, miss Wilsey. Je suis Numéro Dix », piaffa le petit oiseau métallique qui vint se poser sur l'épaule de celle-ci. « Mais vous pouvez m'appeler Zorg. Maîtresse Vickers a accepté ma demande d'authentification nominative avant votre arrivée. Je suis heureux que vous ayez pu rejoindre mon humble repaire secret en parfait état de fonctionnement », renchérit le volatile robotisé en penchant sa petite tête en direction du regard incrédule de l'humaine.

Cette dernière resta bouche bée plusieurs secondes devant les paroles un peu stridentes de l'Intelligence artificielle accrochée sur son épaule droite et l'interrogea bêtement en bégayant « Z… Zo… Zorg ? »

Sa compagne sur le côté semblait dans le même état de perplexité qu'elle et prononça simplement : « Numéro Dix, vraiment ? »

« Oui, c'est tout à fait ça », piaffa de nouveau l'oiseau sur un ton qui semblait mêler la joie et l'excitation.

CHAPITRE QUATRE
ZORG

Turbo-City, atelier de Numéro Dix, 9 mars 2092

Le volatile repris son envol autour des deux jeunes femmes alors que le corps de ce dernier n'était en réalité qu'à quatre-vingt pour cent solide. Certaines de ses plumes n'étaient que purement diverses projections de multiples couleurs holographiques.

Savannah était émerveillée devant une telle prouesse technologique, alors que Blue semblait plus circonspecte.

L'oiseau se posa sur un long perchoir près d'une table rudimentaire totalement vide et d'une chaise unique tout aussi basique.

Il reprit ses piaillements pour communiquer avec ses invitées inespérées.

— Numéro Neuf, nous devons parler de la suite de votre mission. Miss Wilsey a sûrement aussi beaucoup de questions, et nous devons lui apporter des réponses ; maîtresse Niki y tient absolument.

La jeune femme vint s'asseoir sur la chaise en s'affalant presque dessus et en soufflant, alors que sa compagne s'approchait de l'oiseau robotisé.

— Maîtresse Niki savait que nous viendrions ici ? Vous lui avez parlé récemment ?
— Bien sûr, Numéro Neuf. Il lui semblait logique que vous veniez ici, alors que Numéro Trois a échoué à vous rejoindre.
— Je n'ai pourtant pas suivi le protocole, renchérit le drone, sur un ton toujours aussi perplexe.
— Oui, c'est précisément pour cela qu'elle a su que vous viendriez me rencontrer, et qu'elle m'a donné comme directive de me joindre à vous. Tout en répondant aux besoins de miss Wilsey, en priorité, c'est évident.

L'oiseau sautilla sur son perchoir en imitant le chant de la perruche alors que les yeux de la voleuse continuaient de le regarder fixement.

— « Mes besoins », réussit-elle enfin à articuler.
— Bien entendu, Blue va devoir recharger ses systèmes, il me semble évident que vous devez subvenir à vos besoins vitaux aussi, miss…
— Ahhh ! hurla Savannah, mécontente, en se relevant. Arrêtez de me parler comme à une enfant, je veux des réponses et, maintenant, j'en ai marre de…

Sa frustration, sa colère, sa peine remontèrent rapidement à la surface pour se transformer en sanglots. Elle se prit la tête entre les mains et retomba sur la chaise avec fracas.

Blue fit un geste en direction du piaf qui allait répondre pour lui ordonner de s'abstenir. Il s'exécuta alors qu'elle vint se mettre à genoux près de la jeune humaine.

— Je comprends, Savannah. J'ai moi-même beaucoup d'interrogations et de frustration après les récents évènements que nous venons de vivre. Elle posa sa main sur l'épaule de l'humaine et continua, mais pour le moment, nous allons nous reposer un peu et ensuite nous parlerons. Ma maîtresse doit être en pleine cérémonie à cet instant, et le domaine Vickers doit être inaccessible à l'heure actuelle. Dix va veiller à…

La perruche la coupa :
— Zorg, je suis Zorg, je…

Blue le fustigea du regard pour qu'il s'arrête de nouveau.

Savannah, toujours les larmes aux yeux, regarda celle qui l'avait sauvée d'une mort certaine, et renifla bruyamment en acquiesçant de la tête.

Les minutes qui suivirent se firent sans une parole ou un regard. Les deux nouvelles venues inspectèrent les lieux à tour de rôle, rapidement tant il n'y avait pour ainsi dire rien à découvrir. Hormis un générateur, une station de travail reliée à un écran holographique et les divers outils nécessaires à la confection d'appareillage mécanique ou électronique, une seule armoire fournie en pièces détachées et un drone d'assemblage en sommeil complétaient le tour du propriétaire.

L'androïde s'était dirigée vers le générateur de rechargement et l'humaine vers la petite pièce voisine à l'atelier.

Après une courte nuit passée à même le sol de l'unique pièce en dehors de l'atelier principal sur le duvet de son sac, Savannah s'était enfin relevée avec un état de fatigue moins présent et une volonté d'avoir enfin des réponses à ses interrogations.

Elle avait utilisé l'unique lavabo présent dans la petite pièce rectangulaire servant de salle de bains et de toilettes pour se laver rapidement. Une eau fraîche et claire mélangée à la savonnette apportée du temple lui avait permis de se nettoyer sommairement. Rien pour s'essuyer non plus, les lieux étaient plus que spartiates mais cela lui importait peu.

Le miroir au-dessus du lavabo refléta son image. Elle essaya de lui sourire en touchant ses longues mèches blondes. Attrapant de courts ciseaux dans sa besace, pleine de détermination, la voleuse commença à se couper les cheveux. Les gestes vifs et rapides semblaient marquer une délivrance mêlée d'expiation.

Savannah avait de nouveau enfilé sa combinaison avant de rejoindre les deux drones qui l'attendaient patiemment dans le petit atelier.

Zorg sautillait sur son perchoir alors que Blue se tenait droite à ses côtés, souriante.

La jeune femme prit la chaise devant les deux machines intelligentes et la retourna pour s'asseoir à califourchon, en posant ses avant-bras et sa tête sur le dossier peu confortable.

Blue ne fit aucune remarque sur sa nouvelle coiffure et prit la parole la première :
— Je suis Blue, Beginner de soixante-seizième génération. Zorg est un transformable de troisième génération. Nous appartenons tous deux à la maison Vickers, dont l'unique héritière est notre maîtresse, Mlle Niki. Notre créateur, Marcus Vickers est aussi le père de notre protectrice. Notre mission première est de vous mettre à l'abri dans la ferme extérieure du Rocher appartenant au domaine de notre maison.

Elle fit une pause alors que son interlocutrice la regardait, la mine déçue.
— Hum, d'accord, mais encore, je savais déjà tout ça, ou presque…

Le volatile commença à émettre un bruit aigu et cliqueta dangereusement. Les projections holographiques autour de son corps disparurent et ce dernier commença à bouger dans tous les sens pour se découper progressivement en une multitude de petits morceaux indépendants qui tombèrent au sol à mesure de l'opération.

Puis lorsque tous les morceaux furent détachés les uns des autres, les différentes parties se réassemblèrent, par un mécanisme d'aimantation, pour reformer un seul et même corps à l'allure bien différente du précédent. Un serpent vert remonta sur le perchoir en glissant le long de sa tige centrale pour finalement arriver à son sommet. Le crâne du robot s'allongea en hauteur et une langue bifide lumineuse sortit de sa gueule entrouverte. Il reprit alors la parole de manière encore plus aiguë que précédemment avec un petit sifflement en forme d'accent nasillard.

— Zorg, transformable de troisième génération, répéta-t-il alors. Mes prérogatives initiales sont de suivre tous les ordres que vous me donnerez, miss Wilsey, je voulais dire, Savannah, ajouta-t-il en allongeant son corps pour que sa gueule reptilienne au large sourire soit devant le visage de sa nouvelle préceptrice.

Cette dernière fit une moue en le voyant faire, partagée entre le dégoût et la fascination.

— Peut-être que miss Wilsey finalement… Hum… Zorg, si tu peux faire tout ce que je demande, dis-moi pourquoi Numéro Neuf est venue me secourir au temple, demanda Savannah en regardant l'autre drone.
— Ah oui, bien sûr, bien sûr, je le pourrais, miss Wilsey, mais mes protocoles m'interdisent d'aller à l'encontre de ceux de Neuf ou de dame Vickers.
— J'en étais sûre. Je savais que…

La robot au corps bleuté s'avança d'un pas en reprenant d'une voix douce :
— Même si Numéro Dix a des protocoles indépendants, ses prérogatives ne peuvent aller à l'encontre de la mission confiée par Mlle Niki. Mais je peux répondre à vos interrogations. Vous êtes entrée en contact avec ma maîtresse il y a quelques mois de cela, et un lien psychique s'est formé entre vous deux depuis lors.

— Hein, mais qu'est-ce que vous racontez ? Je n'ai jamais parlé à votre patronne.
— Les premiers contacts ont été très brefs, mais vous avez pu ressentir ce lien lorsque votre stress a augmenté, lors de situations périlleuses, par exemple.

La jeune femme réfléchissait, sans vraiment comprendre, quand le petit robot serpentin vint s'enrouler doucement autour de ses bras. Elle le sentit faire mais aucune vague de froid ou de chaleur ne la perturba lors de son ascension jusqu'à son épaule, où il posa sa tête.

— Vous souvenez-vous de votre incursion dans les laboratoires Ozarks ? Où vous avez découvert votre combinaison. Vos maux de tête ou vos saignements étranges.

Elle réfléchit, encore dubitative.

— Ou peut-être votre vol dangereux au-dessus du marais du delta Sud ?

La monte-en-l'air regarda Zorg, totalement perdue, puis de nouveau son homologue à l'apparence parfaite.

— Mais comment ?
— Mlle Niki possède le don de télépathie.
— Vous voulez dire que c'est une satanée mutante et qu'elle veut faire de moi son cobaye ou pire encore…
— Bien sûr que non. Enfin, vous n'avez pas totalement tort, il semblerait que ma maîtresse soit une néo. Mais cela ne veut pas dire que vous êtes un sujet d'étude pour elle. Bien au contraire, le but de notre mission est que vous la rencontriez et que vous deveniez son amie.

— Son amie ? Ah bon, sans rire, et pourquoi moi, alors ? s'esclaffa Savannah.

— Je ne saurais le dire, mentit pour la première fois le Beginner. Mais ce qui est sûr, c'est que le lien qui vous unit n'est pas dû au hasard, Célestine.

— Et pourquoi ce nom grotesque ? s'emporta de nouveau la jeune athlète.

— Je ne sais pas. C'est le nom de code que dame Niki a donné à notre mission et à vous-même, miss Wilsey.

— Hum… Très bien, admettons que je gobe tout ça. (Ce qui était l'incroyable vérité puisque, sans qu'elle sache vraiment l'expliquer, la voleuse avait, dès le premier regard et le premier échange avec Blue, crut à l'ensemble de ses dires pour la suivre aveuglément, comme poussée par une force mystérieuse.) Comment va-t-on faire pour sortir de la ville, rejoindre votre ferme à l'extérieur et traverser le mur ?

— Nous devrons nous rendre à la tour relais de la porte Nord où notre frère Speeder, Numéro Trois, doit nous attendre.

— OK, OK, pourquoi pas. Mais le mur ?

— Un équipement spécial me sera fourni par mon frère.

Le serpent, silencieux depuis tout à l'heure, releva la tête en sifflant doucement à l'oreille de sa nouvelle propriétaire :

— Et je reprendrai une forme de bipède ailé du nom de Faucon peregrinus.

— Un peregriquoi ? Mais quel est le rapport avec le mur, la tour et la porte de la ville ?

— Nous ne pouvons passer par la porte Nord. Votre statut de fugitive pourrait compromettre la maison Vickers et…

— Ben voyons. Et vous allez aussi me dire que le tueur fou qui a liquidé tous mes amis est aussi ma faute.

— Il semblerait effectivement que le prénommé Dirk Valentine, codifié No'Eyes, était à votre recherche.

— Bien sûr, je me souviens m'être rendue chez lui pour y chiper une bombe ! ironisa-t-elle.

Pour la première fois depuis le début de leur conversation, l'Intelligence artificielle sourit en comprenant le trait d'humour lancé, sans pour autant aller dans la voie ouverte par son interlocutrice. Au contraire, elle préféra taire l'implication de cette dernière dans le contrat laborieux de l'exécuteur des Sections du Crépuscule pour se concentrer de nouveau sur leur mission première.

— Je n'ai pas d'informations détaillées concernant vos activités passées mais, pour l'heure, nous devons vraiment nous concentrer sur notre voyage vers la tour relais de la…

— Oui, oui, j'ai compris. Pour le moment, c'est tout ce que vous me direz et, en plus, on est déjà en retard pour rejoindre votre frérot. Mais vous me devez encore des réponses, Blue.

— Bien entendu, se réjouit finalement le robot. Je dois maintenant joindre Mlle Niki, et ensuite, nous pourrons partir.

Blue allait se diriger vers une console d'interface quand la jeune humaine se tourna vers la table où se trouvaient une dizaine de gélules nourrissantes qu'elle porta à sa bouche pour les avaler l'une après l'autre.

Zorg se détacha pour se démultiplier de nouveau sur le sol de l'atelier et se réassembla en un oiseau à l'envergure plus importante et au pelage plus sombre.

Le drone piaffa son impatience et son excitation en battant des ailes pour se diriger vers la sortie lorsqu'une vive déflagration se fit entendre en provenance de la surface.

Il se retourna vers ses deux équipières en les alertant :

— Un œil électrique des SDC vient de franchir le périmètre de sécurité de notre installation. La première contre-mesure défensive a été détruite. Seules deux sont encore opérationnelles. Nous devons quitter l'atelier immédiatement, Numéro Neuf. Vous contacterez le domaine lorsque nous serons avec Trois.

Le faucon métallique traversa la pièce en trois coups d'aile alors qu'une cheminée menant à la surface se dévoilait dans la petite salle d'eau.

INTERLUDE DEUX
MAJORITÉ

Turbo-City, manoir des Vickers, 10 mars 2092

Niki Vickers avait échoué lors de sa première tentative pour créer un lien psychique vers la bête qui avait attaqué Blue, Savannah et Yellow au complexe dix-sept.

Il ne lui restait que peu de temps avant sa cérémonie d'intronisation à la table des seize, qui marquerait aussi son seizième anniversaire, sa majorité et les pleins pouvoirs sur son héritage.

Le domaine et le manoir allaient aussi être bientôt isolés du reste du monde pendant les douze prochaines heures. Et ce pour que les différents invités ne puissent communiquer avec l'extérieur en essayant de pirater les systèmes internes ou que le flux entrant ne serve aussi à la moindre incursion des autres corporations voulant tenter quelque chose à distance ou avec l'aide de leurs émissaires présents.

Cela ne gênait en rien ses facultés psychiques mais l'empêcherait de suivre l'évolution de la situation pour Célestine et les autres, coupés de toute communication avec les drones de la maisonnée.

La jeune handicapée avait tout de même réussi à transférer la matrice et à réveiller Numéro Dix dans l'atelier de confection le plus proche de la porte Nord. Elle lui avait ensuite donné quelques instructions des plus basiques et gardait l'espoir que Blue puisse un jour revoir les images de son introduction au conseil de Turbo-City.

Niki s'allongea sur sa couche odorante et souffla pour se décontracter une dernière fois alors que Red se tenait à son chevet, prête à intervenir si ses signes vitaux montraient une quelconque urgence durant sa transe psychique.

Elle ferma ensuite les yeux et activa l'ordre d'impulser un nouveau lancement à son stimulateur neuronal relié au commutateur présent sur le monstre endormi à des dizaines de kilomètres de sa position actuelle.

Le monstre ne ressentit pas la décharge électrique qui parcourut son échine pour terminer sa course dans son globe rachidien. Une seconde impulsion se produisit la nanoseconde suivante, ayant pour destination son cortex cérébral.

La bête se trouvait à l'arrière du dernier véhicule blindé de la section commandée par le lieutenant Flint. Elle était sanglée aux poignets, au cou et aux chevilles. Deux soldats postés de chaque côté gardaient un œil sur l'animal alors qu'un troisième étudiait ses constantes vitales sur son interface neuronale dans le cockpit.

Il ne décela pas le pic microscopique lorsque Niki Vickers essaya de pénétrer de nouveau l'esprit du monstre pourpre, qui grogna doucement.

Les blessures subies quelques heures plus tôt avaient pratiquement toutes disparu et seules des marques de brûlures superficielles étaient encore visibles sur ses membres inférieurs.

Un brouillard épais se matérialisa dans son esprit. Aucune image concrète, aucune pensée cohérente n'était pour le moment perceptible.

La jeune télépathe sembla d'abord naviguer dans un flot ininterrompu d'instincts primitifs sans réelle cohérence.

La toile qu'elle parcourait commençait à la mettre mal à l'aise.

Soudain, en réussissant à creuser plus profondément dans la psyché de l'animal, elle crut enfin apercevoir un espoir en distinguant une lumière blanche clignotante dans cette épaisse fumée formée de neurones et emplie de rage et de colère.

Elle décida de suivre ce fil synaptique et percuta une bouillie neuronale qui donna la nausée à son corps réel.

Le spasme et l'alerte passés, l'adolescente put enfin se matérialiser dans un espace proche de la réalité.

Son corps flottait au-dessus d'un grand jardin de plantes herbacées, fournies de longs épis fleuris d'un rouge assez vif. La vue était la même à perte de vue, quelle que soit la direction où la télépathe regardait.

Le seul mot qui lui vint à l'esprit fut « Amarante ». Elle le répéta à haute voix et le corps d'un homme chétif apparut au milieu des plantes.

Il était recroquevillé, tremblotant, en position fœtale.

Il détourna le visage en la voyant s'approcher de lui.

La jeune handicapée pouvait marcher vers lui dans cet espace immatériel et l'homme sembla réagir alors qu'il désignait les fleurs en pointant son index.

Il balbutia « Amarante » en retournant le doigt vers lui avec un sourire crispé et répéta une nouvelle fois « Amarante ».

Niki lui sourit chaleureusement et fit un geste d'apaisement de la main.

La transmission de pensée avait été un succès cette fois-ci et l'information qu'elle cherchait était maintenant en sa possession.

Le moment était venu de couper le contact avec l'animal avant que son activité cérébrale n'alerte ses geôliers.

La vision de cette douce fille brune s'estompa progressivement de l'esprit de la bête alors que la télépathe ouvrait les yeux en reprenant connaissance dans son lit. Son plus beau sourire aux lèvres ne pouvait signifier qu'une seule chose pour Red, soulagée, qui l'avait observée à chaque instant durant les dix dernières minutes ; sa maîtresse avait réussi sa mission !

Les quinze drones de classe Speeder avaient tous été scrupuleusement analysés plusieurs fois avant de pénétrer, par une grande double porte en bois ornée de décorations datant de plusieurs siècles, dans la grande salle de bal du manoir Vickers.

Chaque drone était un modèle unique et arborait fièrement les armoiries de sa maison sur l'une de ses plaques de protection en céramite.

Ils portaient également tous à la main une boîte finement décorée, de taille différente.

Les enveloppes synthétiques de tous les robots flamboyaient de mille couleurs et, à tour de rôle, ils prirent place autour de la grande table rectangulaire au milieu de la pièce.

Une place avait été attribuée à chacun. Huit de chaque côté du meuble, dont une resterait libre jusqu'à l'arrivée de la maîtresse de maison.

Un écran holographique circulaire se trouvait posé à chaque emplacement et tous restèrent debout, à tour de rôle, devant ces derniers.

C'est le moment que choisit Niki Vickers pour faire son apparition, lorsque l'autre double porte, à l'opposé de la première, s'ouvrit pour la laisser entrer avec, comme toujours, Red à ses côtés.

Elle avait opté pour une courte robe de satin finement ciselée à l'or fin, très échancrée. Une couronne de perles lui enserrait les cheveux et descendait sur son cou pour finir en sautoir. Le bijou pendait aussi sur la majorité de son dos nu et finissait par de longs bracelets perlés d'or fin. Ses chevilles étaient entourées de fines chaînettes dorées alors que, comme à son habitude, la handicapée était pieds nus sur son fauteuil.

Ce dernier s'arrêta au milieu d'un côté de la table et fit un petit signe de la main à Black, le second Speeder du manoir Vickers, qui avait gardé sa place jusque-là, pour qu'il présente chacun de ses homologues à tour de rôle.

Les polo-projections s'allumèrent et laissèrent apparaître le visage du propriétaire ou de l'émissaire des autres maisons.

Sur un ton très solennel et dans une posture parfaitement digne, il énonça donc, dans l'ordre, les invités de la cérémonie. L'adolescente en profita pour découvrir ces derniers à chaque nouvelle apparition holographique :
— Maître Malcom de la maison Malcom. (Un enfant chauve au visage rond, au bec d'aigle et au teint lumineux.)
— Maître Sabrod de la maison Dorn. (Un homme dans la force de l'âge, barbu et à la crinière rousse, le teint grisâtre et les yeux cernés.)
— Maîtresse Law de la maison Hayabuza. (Une Asiatique au visage triangulaire, aux traits fins et aux yeux flamboyants.)
— Maîtresse Sihem de la maison Absolom. (Une femme qui semblait épuisée, le regard vitreux et des sourcils touffus.)

— Maître Vadosik de la maison Ozarks. (Un vieillard au teint cuivré, au nez en trompette, fort nerveux.)

— Maîtresse Angela de la maison Gauthier. (Niki eut un petit pincement au cœur en distinguant le visage d'une femme au regard vif. Elle et son premier amour l'ayant quitté trop tôt se ressemblaient comme deux gouttes d'eau…)

— Maître Oz de la maison Sabatt. (Qui ressemblait davantage à un épouvantail qu'à autre chose.)

— Maîtresse Pesch de maison Xoloct. (Dont le visage à la longue crinière blonde était masqué derrière un voile blanc et un masque en cuir orné de clous en métal.)

— Maître Galan de la maison Forox. (Un adolescent au visage carré, au teint bronzé et au long nez crochu qui ne passait pas inaperçu.)

— L'unité Neuf, émissaire de maîtresse Flora de la maison Supreme. (Une IA en forme de sphère en perpétuelle ondulation.)

— L'unité Douze, émissaire de maître Flynn de la maison Magden. (Une autre IA en forme de simple flux électrique fluctuant.)

— L'unité Treize, émissaire de maîtresse Cheryl de la maison Durcis. (La dernière IA présente, prenant cette fois-ci l'apparence d'un simple crâne en os.)

— Maîtres Dee et Wee de la maison Sayn. (Des jumeaux blonds au physique d'éphèbe et au teint bronzé, qui souriaient malicieusement.)

— Maîtresse Axelle de la maison Anderson. (Une adolescente aux taches de rousseur bien marquées, qui avait une mine mélancolique.)

— Maître Hordezla de la maison Pang. (Un nain noir appuyé sur une canne, qui avait choisi d'afficher son corps plutôt que son simple visage.)

Après que chacun des noms fut prononcé, le carillon des quatre grandes horloges présentées de chaque côté des portes sonna une fois, et tous dirent « Salutations aux quinze ! » à tour de rôle.

Le discours que donna ensuite la propriétaire fut bref et concis. Elle n'oublia pas de remercier chacun de ses invités et prêta serment de protéger le conseil comme sa propre maison. Et promis à toute l'assemblée de servir les intérêts de chacun avant ceux des autres. Elle poursuivrait le travail de son père et de ses prédécesseurs en respectant la devise du clan Vickers : « Vérité et liberté pour tous ! »

Niki dit enfin « Salutations aux seize ! » avant que chaque visage holographique ne dise à tour de rôle : « Salutations aux seize ! » et ne disparaisse finalement pour clore définitivement la cérémonie d'introduction.

À seize heures, les horloges sonnèrent à l'unisson seize fois et, à tour de rôle, les Speeders des différentes maisons déposèrent leur boîte aux pieds de la nouvelle héritière Vickers avant de quitter la grande salle de bal puis son domaine pour qu'elle puisse fêter seule, ou presque, son seizième anniversaire.

CHAPITRE CINQ
SORTIE DE ROUTE

Turbo-City, atelier de Zorg, 10 mars 2092

Savannah Wilsey enfilait ses ailes alors qu'un ascenseur la menait à la surface avec Blue et Zorg à ses côtés. Elle s'aperçut aussitôt que quelqu'un y avait touché durant la nuit. Le faucon prit la parole pendant que la jeune femme le dévisageait d'un œil noir.

— Zorg a nettoyé et rechargé vos ailes durant votre sommeil, maîtresse Wilsey. Pour maintenir leur parfait état de fonctionnement et parce que Zorg était curieux de…

Savannah le coupa avant qu'il n'ait pu finir, pour l'attraper par le cou et le ramener vers son visage.

— Personne ne touche à ce qui est à moi, c'est bien compris ? lui cria-t-elle en plein dans les capteurs auditifs et crispant ses doigts sur son ossature métallique.

Le pauvre animal à l'intelligence débordante piailla d'un ton nasillard : « Personne ne touche aux affaires de maîtresse Savannah, c'est parfaitement enregistré. »

La pickpocket lâcha le drone en souriant alors que le toit du monte-charge s'ouvrait et que le trio sortait à l'air libre.

Pendant leur petite mise au point, Blue avait enjambé un aérospeeder biplace, et invita sa compagne humaine à la rejoindre à l'arrière de celui-ci.

Sans attendre sa réponse, l'androïde démarra la motojet et commençait déjà à la lancer en avant lorsque sa compagne la rejoignit enfin en s'accrochant à son siège. Leur petit compagnon eut à peine le temps de se poser sur un aileron du véhicule que celui-ci partit en trombe sous un déferlement de poussière.

La motojet avala les kilomètres à vive allure et rejoignit rapidement la zone frontalière de la tour relais de la porte Nord, soit leur destination finale avant de quitter Turbo-City.

Le trio avait réussi à garder à distance la machine de guerre des Sections du Crépuscule, qui devaient certainement suivre les traces thermiques laissées par leur véhicule. Mais peu importait, il serait bientôt rejoint par Yellow et, tous ensemble, ils finiraient leur mission comme prévu.

Hélas, leur optimisme grandissant, à mesure qu'ils empruntaient de nouveau des artères peuplées d'autres transports, fut coupé net abruptement. Lorsque la motojet allait emprunter la dernière voie rapide les menant aux installations techniques proches de leur but.

Un tir de plasma incandescent traversa l'une des turbines de l'aérospeeder, pulvérisée en une fraction de seconde.

La moto légère pivota vers l'avant avant de s'écraser lourdement au sol. Glissant sur des dizaines de mètres et se désagrégeant sur le bitume de l'autoroute urbaine, elle finit sa course en percutant une glissière de sécurité en litobéton.

Blue rampa pour sortir des flammes, presque intacte. Ses multiples déflecteurs avaient assuré sa sécurité, tout en veillant à la survie de sa compagne humaine, étendue à quelques mètres de là.

Zorg n'était pas visible, et une main amicale et familière vint soudain l'aider à se relever.

Son frère, Yellow, était au-dessus d'elle, lorsqu'il disparut presque aussitôt, fouetté par un tentacule métallique sorti de nulle part.

L'ancienne protectrice de la maison Vickers roula sur le côté lorsque ses capteurs l'avertirent d'un danger, soit une pince déchirant le sol où elle se trouvait l'instant d'avant.

Savannah avait la tête qui tambourinait alors qu'elle se relevait péniblement. La vue encore trouble, elle aperçut le robot, à l'armure d'un jaune éclatant, se rouler en boule pour percuter ou plutôt littéralement rouler le long d'un pilier en béton jusqu'à sa base.

Il bondit devant lui, pour prendre de la hauteur, en poussant sur les réacteurs sous ses pieds.

Un bras tentaculaire tenta de l'en dissuader, puis un second, mais il dévia sa trajectoire en vol grâce à ses répulseurs latéraux.

Enfin debout, la monte-en-l'air grimaça, tout en allumant son dispositif dorsal. Les propulseurs de ses ailes se mirent à vrombir. Au même moment, elle aperçut enfin un gigantesque et étrange œil métallique aux multiples bras tentaculaires descendre vers sa position.

Zorg tournoyait autour de la carcasse blindée de l'œil électrique en évitant les trois bras qui essayaient de lui barrer la route.

Il faisait feu, sans réelle efficacité, de son laser monté à l'intérieur de son bac en métal.

Parfois, il réussissait à griffer les tentacules en remontant assez haut pour être hors d'atteinte et en piquant vers sa proie. Malheureusement, ces manœuvres étaient toutes aussi inutiles contre son adversaire.

Blue prit appui sur la jambe de Yellow, qui agrippa ses hanches des deux mains avant de tourner sur lui-même.

La droïde fut projetée en avant vers leur ennemi commun alors qu'elle répercuta l'intégralité de son énergie disponible vers sa double lame électrique.

Son avant-bras opposé protégeait son visage lorsque les deux drones se percutèrent, tels des chevaliers d'un autre temps. Le choc fut terrible et la lame entailla les plaques de blindage avant du berserker borgne.

Pourtant, alors que Blue chutait déjà vers le sol, une pince adverse lui déchira une partie de son enveloppe synthétique proche de sa hanche droite.

Arrivée au sol, sa réception fut approximative et elle bascula à terre, blessée.

Savannah courut vers la même cible que ses compagnons d'armes avant de sauter, les deux pieds en avant, pour prendre l'impulsion nécessaire à son envol.

Alors que son amie Blue tailladait l'œil monstrueux, la jeune femme blonde passa au-dessus de ce dernier pour lâcher les dernières mines magnétiques qui étaient encore en sa possession après les multiples affrontements auxquels elle avait dû faire face ces dernières semaines.

Les petites bombes portatives s'aimantèrent toutes avec succès, et explosèrent simultanément sur son immense coffre central et sur plusieurs des bras télescopiques du monstre adverse.

Le drone de guerre des Sections du Crépuscule arrêta brusquement ses perpétuels moulinets. Deux bras sectionnés tombèrent au sol alors qu'un troisième explosa sur toute sa longueur.

L'une de ses pinces perdues, une griffe et le reste des impacts endommagèrent partiellement le corps central, sans réelle avarie majeure.

CHAPITRE SIX
ASCENSION

Turbo-City, tour relais de la porte Nord, 9 mars 2092
Savannah porta ensuite secours à Blue, en la relevant pour l'emmener provisoirement à l'abri, derrière un terre-plein de sécurité sur le bord de l'autoroute.

Quelques véhicules évitèrent la zone de combat en slalomant comme ils le pouvaient et klaxonnèrent ironiquement pour alerter de la dangerosité de la situation.

Zorg rejoignit ses deux nouvelles compagnes en piaillant d'excitation, avant que ce ne soit Yellow qui arrive à son tour près du groupe.

Quelques secondes de répit pour tous, alors que l'œil électrique se séparait de ses deux tentacules endommagés en les sectionnant à leur base. Avant de se rapprocher des quatre silhouettes à l'aspect hétéroclite.

— J'ai la solution pour détruire le béhémoth, maîtresse Wilsey, lança Zorg en virevoltant autour de cette dernière.
— Ah oui, vraiment ?
— Bien sûr. Zorg ne peut pas mentir. Il ne possède pas de synthoniseur comme Numéro Neuf.

Savannah répondit par un petit « Hum » et le fixa de biais en faisant une moue de suspicion interrogatrice.

Le drone continua sans noter ce changement :
— Il me suffit de surcharger mon cœur principal et que Numéro Trois m'envoie au centre de l'œil lorsqu'il est prêt à tirer.

Les membres du trio face au faucon métallique comprirent ce que cela signifiait et Savannah refusa immédiatement sa proposition en hochant la tête négativement.

Blue intervint en lui posant la main sur l'épaule :
— Ne craignez rien, je garderai la matrice de mon frère Dix intacte jusqu'à ce que nous lui ayons trouvé une nouvelle enveloppe synthétique.

Disant cela, elle validait dans le même temps le projet fou de ce dernier ; lorsque, soudain, le mur de protection derrière lequel ils se trouvaient vola en éclats, comme un vulgaire mur de paille. L'adversaire repassait déjà à l'offensive et le temps n'était plus à la réflexion.

Les drones communiquèrent silencieusement ensemble via leur réseau neuronal. Chacun calculant les diverses possibilités d'attaque avant que le choix ne soit fait en moins d'une seconde.

Blue acquiesça et prit la jeune humaine par le bras, pour l'inciter à prendre la direction opposée à celle de ses deux frères d'armes.

Alors que Savannah gravissait une longue échelle métallique, elle voyait encore et encore la scène en boucle dans sa tête.

Yellow avait attrapé Zorg par les pattes après que ce dernier eut cessé de fonctionner et que son corps eut commencé à rougir sinistrement. Il avait enfiché la puce neuronale de son frère dans l'emplacement de secours situé à côté de la sienne avant de se projeter à vive allure vers la monstruosité métallique de leurs ennemis.

Sans réagir de façon excessive à cette nouvelle tentative d'attaque qu'il ne craignait pas, le béhémoth Delta le laissa se rapprocher en armant son arme majeure.

Lorsque le Speeder lui lança le corps incandescent de Zorg en fouettant l'air dans sa direction, il était déjà trop tard pour qu'il puisse réellement réagir. Le plasma prêt à éructer de l'œil forma une sphère bouillonnante puis se modela en un amas de métal en fusion qui ondula sur plusieurs mètres en s'éparpillant dans toutes les directions.

Yellow fut projetée par l'onde de choc et la chaleur emporta l'un de ses bras et racornit l'une de ses jambes avant qu'il ne rebondisse plusieurs fois sur la route.

Il avait rassuré ses équipières en les rejoignant un instant pour leur redonner la puce de Zorg et leur indiquer le passage à emprunter pour monter à la tour relais. Il avait ensuite disparu dans l'obscurité de la nuit.

Dès lors, les deux jeunes femmes avaient récupéré ce qu'il leur restait de matériel et, sans se préoccuper de leurs poursuivants, étaient parvenues à gravir, par l'extérieur, la construction verticale avec l'aide des brouilleurs d'onde que Trois leur avait fournis en même temps que Dix.

Arrivées en haut des trois cent soixante-douze mètres de hauteur, derrière le petit parapet de protection donnant sur la longue antenne principale de la zone de la ville, les deux compagnes se regardèrent dans les yeux, alors que Blue actionnait un disrupteur magnétique.

Savannah sentit le vent frais venir rosir ses joues. Elle soupira et se remémora tristement l'excitation du petit drone exubérant, s'imaginant déjà voler et franchir le dôme protecteur de Turbo-City aux côtés des deux femmes.

La monte-en-l'air déplia ses ailes et alluma les turbines de son dispositif, alors que le Beginner lui empoignait les avant-bras.

Puis poussa sur ses jambes avant de sauter dans le vide…

ÉPILOGUE
PREMIÈRE SORTIE

Turbo-City, manoir des Vickers, 10 mars 2092

La jeune Niki Vickers arborait un large sourire en entrant dans l'eau chauffée à trente et un degrés. Elle savourait déjà les prothèses augmentiques temporaires qui entouraient ses cuisses et ses mollets, sa première décision en tant que nouvelle et unique propriétaire de l'une des plus grandes maisons de Turbo-City. La fréquence de leur utilisation serait limitée mais, pour l'heure, seule cette sensation de liberté comptait.

Dans quelques jours, elle aurait son premier conseil à la table des seize, et les décisions qu'elle y prendrait seraient bien plus importantes que son seul bien-être personnel. Elle avait aussi reçu l'invitation surprenante de la jeune maîtresse de la maison Anderson mais, pour l'heure, l'adolescente préférait décliner l'offre pour se concentrer sur l'essentiel. À savoir, le surprenant Amarante, mais aussi Blue, ses frères et sœurs et, bien évidemment, Savannah Wilsey.

Cette voleuse avec qui elle n'avait toujours pas pu converser directement et qui restait une énigme. Une fois qu'elle serait passée de l'autre côté du dôme, les choses devraient être plus simples, du moins, fallait-il l'espérer…

Niki se détendit, pour onduler sur le dos et ressentir des frissons parcourir la moindre parcelle de son corps nu. Le moment était venu de fermer les yeux et de libérer ses pensées, laisser flotter son esprit en dehors de ces lieux et voyager à travers le monde extérieur…

Le lieutenant Flint pesta contre lui-même pour avoir sous-estimé ses adversaires. Le sergent Cooper le regardait, le poing ensanglanté contre la paroi de son véhicule de commandement.

Le béhémoth Delta n'était plus qu'une carcasse fumante éparpillée aux quatre coins de l'autoroute express menant à la porte Nord.

Le plus petit des deux hommes grimaça encore une fois en frottant sa main énergiquement, alors que le second attendait les ordres qu'il devinait déjà. « Nous allons passer de l'autre côté, nous aussi, Gérald. Il me manque toujours des réponses et je déteste ça ! » Flint fixa une dernière fois, le regard noir, le drone d'élite en lambeaux et remonta dans son blindé, laissant son adjoint dubitatif, tout aussi peu réjoui que lui à l'idée de quitter la ville pour la première fois de leur carrière...

Le docteur Desblanc enclencha la commande de réveil et regarda fixement l'agglomérat grotesque, mélange de machine et d'homme, dont les yeux rougeoyèrent soudain.

Le p'tit bout de femme devant la créature sourit nerveusement et passa une main dans sa longue chevelure avant de se reprendre pour prendre la parole et s'adresser à la femme blonde à ses côtés :
— Marine, les stimulus de ECV-12 sont-ils corrects ?
— Tout est parfait, madame. La phase quatre peut commencer.

La conscience de Dirk Valentine émergeait d'une longue nuit tourmentée et analysait déjà son nouvel environnement alors que, devant son nouveau corps, les deux laborantines s'activaient déjà sur des tubes à essai au contenant coloré fluorescent...

Amarante revenait à lui progressivement. Les stigmates sur son corps avaient tous disparu et l'on ne distinguait plus la moindre cicatrice sur son imposante carcasse pourpre.

Ses muscles étaient encore endoloris, mais l'air alimentant ses poumons le vivifiait à chaque instant. Il tourna son regard vers l'homme qui se tenait près de lui. Sa langue baveuse siffla en sortant de sa gueule, comme pour sourire à l'individu qui le dévisageait.

Ce dernier n'eut pas le temps de réagir lorsque les griffes acérées de la créature lui lacérèrent le cou, en faisant gicler son sang sur son camarade, assis juste en face.

L'animal continua de bander ses muscles pour se libérer un peu plus et pouvoir pivoter suffisamment pour infliger le même traitement au garde suivant.

Son esprit sembla exploser dans sa tête alors que ses gestes paraissaient plus précis, moins bestiaux mais tout aussi ravageurs qu'à l'accoutumée.

L'engin blindé dans lequel se trouvait le monstre fit bientôt une embardée sur la chaussée sur laquelle il roulait, avant de glisser furieusement dans un fossé de terre…

Savannah et Blue effectuèrent leur première sortie de Turbo-City sans réelle difficulté. Le disrupteur magnétique avait parfaitement fonctionné, et le ciel de la mégapole était dégagé. Aucun véhicule ne circulait aux abords du dôme et de plus, rarement à la hauteur où elles se trouvaient.

Quelques secondes à peine avaient suffi pour traverser les déflecteurs énergétiques sans que le duo ressentît la moindre gêne. Ni ne s'aperçoive réellement qu'il avait franchi une quelconque barrière de protection.

Blue s'était immédiatement délestée de son appareil en surchauffe alors que, à mesure de leur avancée, le dispositif de Savannah perdait en puissance.

Après avoir franchi le grand mur délimitant les frontières entre la cité et sa périphérie immédiate, leur altitude diminua dangereusement. Mais cela importait peu aux deux nouvelles compagnes de voyage qui avaient tissé des liens ces dernières heures, depuis leur fuite du temple de la Bonté première.

La jeune humaine riait en sentant un léger vent chaud apaisant sur son visage, alors que l'androïde se sentait aussi pousser des ailes et souriait à cette nouvelle liberté et à l'inconnu qu'elles allaient affronter ensemble !

LEXIQUE KYFBALLIEN

- Aérospeeder : Moto légère montée sur coussins d'air, le plus souvent monoplace, certains modèles peuvent être biplaces.
- Arènes Kyfballiennes : Les enceintes sportives dans lesquelles se déroule les rencontres de Kyfball.
- Beginner (BEG) : Le Drone à l'IA unique, qui n'est destiné qu'au combat. Chaque équipe de Kyfball ne comprend qu'un Beginner. La partie débute par leur affrontement. Le vainqueur donne la balle et la première possession à son équipe.
- Bio-analyseur : Une machine qui analyse la structure biologique d'un être vivant pour diagnostiquer son état physiologique et ses lésions ; donnant aussi à l'opérateur le moyen de les soigner.
- Clubber : Nom que l'on donne aux membres des fan-clubs des différentes Ligues de Kyfball.
- (Le) Conseil des seize : Il est composé des responsables des seize plus grandes corporations de Turbo-City, est chargé de gérer les décisions administratives.
- (La) Fosse : Une fosse de 9 mètres carrés qui se trouve au milieu du styx. Principale attraction d'un match, car c'est là que les combats entre machines se déroulent, décidant régulièrement de l'issue d'une rencontre.

- Implant neuronal : Petite puce électronique implantée sous la peau directement reliée au cortex cérébral par une ou plusieurs électrodes. Rechargée lors d'une connexion avec un système électronique externe, elle permet de contrôler ou de lire certains signaux cérébraux ou systèmes reliés.

- Metropolitans : Habitants civilisés, qui vivent dans les anciennes galeries ferroviaires, rebâties en petites bourgades souterraines indépendantes disséminées dans toute la cité.

- Néo : Nom donné aux humains ayant développé des dons extraordinaires ou des aptitudes extrasensorielles hors du commun. Aussi appelé vulgairement « Mutant ».

- (Le) Nouvel océan : Nom donné à l'immensité désertique qui entoure toute la ville.

- Kyfball : Le seul jeu autorisé dans Turbo-City. Il met face à face deux équipes de drones de sept modèles différents.

- Kyfball Connection : L'émission holographique la plus populaire de la ville. Aussi déclinée en journal mémoriel. L'un de ses présentateurs vedette, Steve Ostine, véritable idole, profite de son aura auprès des masses pour faire passer des messages de propagande gouvernementale ou corporatiste.

- Polyvalent (PLV) : Un drone fabriqué en série qui permet de compléter à moindre coût une équipe bien équilibrée.

- Round(s) : Une partie étant divisée en 100 rounds (unité de temps correspondant à 15 secondes) de jeu. On y exclut le combat de Beginners qui ne dépasse généralement pas les deux minutes.

- (Les trois) Saisons : Les habitants ont rebaptisé les événements météorologiques qui se déroulent à l'extérieur du dôme en trois périodes. La première est appelée la « Saison Pleine », elle s'apparente à un été morne suffocant. La seconde est appelée la « Saison des Tempêtes » durant laquelle les éléments se déchaînent. Les orages y sont perpétuels et les débris externes viennent souvent frapper l'enveloppe électromagnétique qui protège la ville. La dernière, la « Saison Sombre » est une longue nuit froide sans fin. Leur périodicité varie entre trois et quatre mois.

- Sections du Crépuscule (SDC) : Principales forces gouvernementales, aussi bien en tant que force policière d'appoint que force militaire.

- Smatcheur (SMT) : Le buteur attaquant d'une équipe.

- Speeder (SPD) : Le modèle de drone dont toute la stratégie est basée sur sa vitesse et son agilité incomparable.

- Styk : Monnaie unique. - Un verre de Colo-Colo coûte 1 styk et la prothèse photonique (IA) d'un TDM 125 000 styks. -

- Styx : Nom que l'on donne à la surface de jeu (72x32m) du Kyfball. Celle-ci est divisée en deux parties, une pour chaque équipe, qui sont elles-mêmes divisées en deux. Une première nommée Zone Neutre au milieu du terrain et une seconde, la Zone de Départ entourant le panier qui est lui-même entouré d'une petite zone électrifiée paralysant les drones qui viendraient à tomber dedans, jusqu'à ce qu'un but soit marqué.

- Techno-Ball (TBL): Modèle de drone réputé pour sa bonne capacité de base à passer et à tirer au but.

- Techno-Démolisseur (TDM) : Le drone le plus destructeur et le plus dangereux d'entre tous, généralement très grand et d'une force supérieure à tous les autres. Il peut détruire un smatcheur ou un speeder d'un seul coup bien porté.

- Technodirigeant : C'est le nom que l'on donne au gérant d'une équipe de Kyfball qui élabore aussi les stratégies employées par ses joueurs robotisés lors des matchs. Il peut parfois ordonner des sabotages sur les équipes adverses ou menacer violemment ses confrères.

- Techno-Encaisseur (TEN) : Le drone défensif par excellence.

- Turbo-City : Mégapole au quatre cents millions d'habitants qui côtoient leur quotidien avec vingt millions d'unités cybernétiques.

Prochainement
ÉPISODE QUATRE : LA LONGUE MARCHE